翔远心曲

石香元◎著

人民出版社

胸中大义　笔下乾坤（代序）

　　春节前的一周，收到原成都军区副司令员石香元中将的诗集书稿，喜不自胜，几近发狂。一喜是夙愿得偿。自十多年前断断续续读到石诗，就爱不释手。特别是近年来，读之更多，或赏心悦目，或醍醐灌顶，或振聋发聩，并常有即兴唱和，也曾建议尽早结集出版。怎奈他军务繁忙，一拖再拖，而今终于结集寄来。大有久盼方归、终如夙愿之感。二喜是春节将临，挚友大作汇集，既有多年耕耘、今朝收获之悦，又有以心血智慧之结晶向新春献礼之喜。"君有奇才吾不贫"，自豪、骄傲、富有之感油然而生。恨不得当即拜读、连夜秉笔、成其小序、迅速出版、公之于世、悦之于众，笑望呈洛阳纸贵之势，岂不美哉乐哉？怎奈年前杂务缠绕，奔波不定，直至腊月二十八回到母亲身边，才得以心定执笔。

　　夜读石诗，兴奋不已，拍案叫绝，乃至惊醒内人。可以骄傲地说：香元诗作，首首悦目、句句赏心，诗哲辉映、

1

美妙绝伦。既可给人以大美之享受,又能给人以哲智之启迪,还能给人以力量之激励,更能给人道德之滋润。论其特点,可从诸多角度、诸多层面论述,但最为准确、最具权威的是习近平总书记在文联十大、作协九大开幕式讲话中的四句话:"胸中有大义,心中有人民,肩头有责任,笔下有乾坤。"这是对广大文艺工作者的要求,也似乎是对优秀作家、诗人的总结,恰恰概括了香元诗集之特点。

"胸中有大义。"墨子云:"义者,利人利天下也。""天下有义则生,无义则死;有义则富,无义则贫;有义则治,无义则乱。"石诗无一不蕴含大义,无一不彰显大义。如:"系列讲话似明灯,特色理论又一峰。百年复兴圆旧梦,千秋伟业获新生。莫尔空想幽灵争,马列实践斧镰腾。苏共模式输僵化,北京共识集大成。"(见《千秋伟业获新生》)这是诗人在国防大学参加总部举办的高级将领培训班,学习习近平主席重要讲话后的由衷感慨:"千秋伟业获新生!"其强军兴国之大义,不是跃然纸上吗?在马列主义、共产主义处于低谷状态时,诗人对《共产党宣言》却"百读不厌共产篇,千遍始得发言权。幽灵幽荡主义定,肤白肤黑铁手联。工人阶级有道义,资本铲除无恶源。全球响彻国际歌,世界飘红尽斧镰"(见《主义颂》)。信仰坚定,大义凛然。即便是卸

职解甲，也时刻牢记："羔羊跪乳君子义，烈士断头保国臣。伏枥常怀千里志，补天当献顽石身。"（见《解甲更思领路人》）

"心中有人民。"诗人从战士到将军，从基层到军区，始终秉承"全心全意为人民服务"的党的宗旨。在其诗词中，占其主导地位的自然是人民。"依靠人民是党根，造福群众是立本。胸怀多数是铁律，解放全球是大真。"（见《四是歌》）诗人在该诗的注释中写道：能不能做到这四是，"是衡量真假共产党、真假马列主义的试金石，也是对'为人民服务'深刻含义的基本解读。如果说'万岁'这个词可用于人类，那么我敢肯定，只有毛泽东喊出的'人民万岁'乃是永恒的宇宙真理"！也正因此，他对毛泽东由衷崇拜，终生忠诚："人民领袖毛泽东，百姓心中大救星。开天日月新装换，辟地江海万恶平。自力更生腰杆硬，为民服务公私明。民主监督周律克，三分世界五洲宁。"（《电视剧〈毛泽东〉观后感》）。

"肩头有责任。"诗人2006年出访欧洲，在意大利比萨斜塔旁得知被军委任命为沈阳军区副司令员的消息，遂即兴赋诗《赴东北》："共产党员一块石，东西南北任党支。千年砗磲贝成宝，万载琥珀木化磁。人过有名名贵久，雁去留声声难持。五湖放眼戍关外，四海为家主义滋！""共产党员一块石,东西南北任党支"蕴含着强烈的忠诚意识、服从意识,而"五湖放眼戍关外,四海为家主义滋",则体现出诗人强烈的责任感。"十日深蹲红军连,中将挂上列兵衔。黎明号响操场勇,暮夜灯熄促膝谈。牢记八一红旗染,深悟三湾制改编。强军力戒客里空,脚踏实地一脉传。"(见《蹲点》)更是强烈责任感的亲身实践。对于一位具有思想高度的高级将领,体现强烈责任感的实践无处不在。"半月狂奔三十营,老马奋蹄昼夜行。川渝秘访凯旋将,云贵速察集骧兵。两军久战胆气赢,四旅新编战技精。军民融合五省颂,亮剑西南四海名。"(见《跑面》)就是在解甲卸职之后,也忧心如焚:"征袍血染卸雕鞍,武穆遗恨沐九泉。强军唯恐内鬼乱,护国何惧外敌顽。长城难固透水砖,大厦易毁蛀虫钻。怒指苍龙磨利剑,笑看伏虎慰心弦。"(见《强军唯恐内鬼乱》)

"笔下有乾坤。"即不仅是从诗中看到乾坤的形象,更能感受到诗人乾坤的情怀。"笔走龙蛇贺立春,枪随党意铸军魂。连横智解钓鱼恨,合纵勇敌猎犬吞。治乱纠风除宿弊,安邦立制拨心云。烹鲜理政乾坤定,著梦成真伟业存。"(见《贺新春》)诗人乾坤的情怀,是"先天下之忧而忧,后天下之乐而乐"的精神体现。"昨日京城艳阳天,普天同庆七十年。今朝暴雨倾盆落,苍天垂泪祭英贤。正义之剑已高悬,

和平飞鸽彩云穿。人民意志乾坤定，三个必胜华夏揽。"（见《天助中华》）对于近年来美国调整亚太政策，企图遏制我国和平崛起，在周边燃起簇簇狼烟，频频闹事。如何应对？将军诗人成竹在胸，诗凝《战略策》："单极驴象缠丝功，双鹰两顾拉西东。弱伴无力保幼主，强邻反目争其锋。佛国常念拖字诀，神州三地稳和经。缠拉保争拖稳和，七字真言战略通。"诗后注释道："单极驴象"指美国，"双鹰"指俄罗斯，"强邻"指日本，"佛国"指印度，"神州三地"指港澳台。这样的诗歌不更能展示出将军诗人的文韬武略吗？

"笔下有乾坤"，还可以理解为素材广阔，意境高远，语言鲜活，精品叠现，以此反映出来的思想与精神。"与天地和其德，与日月和其明，与四时和其序。"香元的诗，就具备了这些特点。而在展示这些特点的过程中，诗人善于运用正中直正、平中见奇、庄中见谐、素中见雅、朴中见巧、小中见大、诗中见哲等手法，使他的诗作妙不可言、美不胜收。

"正中直正"，即正面颂扬或鞭挞，直奔要害、淋漓尽致。如《老虎苍蝇一起打》："惊闻巨贪被调查，喜不自禁笑哈哈。擒虎有方入虎穴，灭蝇无计逐蝇抓。扬汤止沸沸更加，釜底抽薪薪不发。反腐犹如净环境，暴风骤雨连根拔。"

痛快淋漓、大快人心，又蕴含哲理。"演兵场建办公楼，鸟语花香绿悠悠。军营不闻喊杀声，沙场怎见寇血流。"（见《无题》）则是小中见大。

诗人善于写藏头诗，是典型的"朴中见巧"。《一班人》："万全之策献忠心，益民志明教成仁。三王瑞吉文纲好，两侯铁健武运森。尧舜建国重才文，刘项争雄用高臣。钟鼓有痕华章少，磐石无瑕炳泰身。"一首七律，竟巧妙地写进了诗人在沈阳军区任职期间，曾在一个班子中工作的20余人之姓名，而且特点鲜明，立意集中，毫不牵强。诗人在《贺双节》中，还把我的名字藏在诗中："弟兄同贺双节好，情真意茂胜春潮。一言蔽之兄为上，两地诗书颂天骄。"

"诗中见哲"，即哲理警句融入诗中，这又是诗人娴熟的手法，也是读者格外喜欢乃至抄写、传颂的诗篇。"弥渡大蒜瓣不分，恰似亲朋一家人。台独分裂相煎急，安知独蒜一统身。"（见《独蒜》）又是小中见大。《倒车有感》也是如此："后视全凭镜中观，左顾右盼两周全。远近曲直方向转，正误常悬一念间。"而《诗语有魂》："诗语含情心著魂，搜肠刮肚意难存。悲愤无言词带血，欢庆有声泪迎春。"竟道出了诗的真谛。《四戒》诗："酒色财气四把刀，一招致命也难逃。英雄常惜美人泪，豪杰更恋夜斛浇。醉有应得得亦消，色胆包天天不饶。财迷心窍灵魂丧,气大伤身节度夭。"则敲响了人生的警钟。

诗人的善于用典,善于现抓,善于速成,也大大增添了诗的魅力。2015年8月下旬,诗人参加"纪念抗战胜利七十周年暨走进崇高践行基地台儿庄现场会",即席写出了《台儿庄有感》:"抗日齐鲁顶大梁,万敌魂丧台儿庄。兰陵书院始祖印,大运城邦孔孟昌。走进崇高立枣庄,践行基地再弘扬。巨石补天天不漏,接力偷光光更强。"诗中把始祖、城邦、大运、大战、工业五种文化融入诗内,还巧用了"女娲补天"、"凿壁偷光"的典故,古今相映,激情洋溢,赢得了大会持久不息的掌声。

在我们欣赏诗人"胸中有大义,心中有人民,肩头有责任,笔下有乾坤"诗作的同时,似乎也悟出了一位优秀诗人成功的道路,即"胸中有大义"是基础,"心中有人民"是根本,"肩头有责任"是动力,"笔下有乾坤"是结果。而诗人善于运用的平中见奇、庄中见谐、朴中见巧、小中见大等技艺,则是诗人深远的见地、渊博的知识、丰富的阅历和将军的大智大勇相融合之结晶和体现。诗作的诸多特点,集中体现到一个亮点上,就是"诗中见心"。从诗人之每首诗中都能感受到诗人心的律动、心的热度和心的声音。法国著名诗人雨果说："世界上最宽阔的是海洋，比海洋更宽阔的是天空，比天空更宽阔的是人的胸怀。"香元的心，大若乾坤。因此，我建议这部诗集名为《笔下乾坤》。

俗话说"欠不隔年"。遂于除夕的晚上，把本序言上述内容报告了诗人香元，这既是受命后的回声，也权且作为春节的贺礼。诗人给予我热诚鼓励。大年初一上午，还发来了诗作《心曲》："飞瀑盼高悬，激流点江山。笔下有乾坤，入里自扬鞭。人生何苦短，往事尽如烟。追风勿丧志，赶月凯歌还。"（除夕夜与茂之兄互致鸡年问候，谈及诗稿之事，茂之兄以"笔下有乾坤"加以鼓励，并建议以此为书名。还是那句话，知我者茂之也！笔下有乾坤者，心中必无俗念，激扬文字，鞭辟入里，是为"心曲"。）

鉴于香元的笔名"翔远"，遂确立书名为《翔远心曲》。

我相信：

"心曲"定受心欢迎，飞入亿万人心中。

浩浩乾坤能翔远，惊蛰响雷化春生。

是为序。

贺敬之

于 2017 年春节爆竹声中

目　录

贺新春

笔走龙蛇贺立春，枪随党意铸军魂。

连横智解钓鱼恨，合纵勇敌猎犬吞。

治乱纠风除宿弊，安邦立制拨心云。

烹鲜理政乾坤定，著梦成真伟业存。

　　一年之计在于春。春立则一年即始，春华则秋实可望。龙年过蛇年到，习总书记统筹国际国内两个大局，力挽狂澜，强力反腐，党心民心大振。

千秋伟业获新生

系列讲话似明灯，特色理论又一峰。

百年复兴圆旧梦，千秋伟业获新生。

莫尔空想幽灵争，马列实践斧镰腾。

苏共模式输僵化，北京共识集大成。

　　在国防大学参加总部举办的培训班，学习习主席系列重要讲话，短短数日，振聋发聩，感慨颇多。

　　"莫尔"指欧洲早期空想社会主义学说的创始人托马斯·莫尔。

一班人

万全之策献忠心，益民志明教成仁。

三王瑞吉文纲好，两侯铁健武运森。

尧舜建国重才文，刘项争雄用高臣。

钟鼓有痕华章少，磐石无瑕炳泰身。

二零零六年到沈阳军区任职，历经三位主官和二十余位同事在一个班子中工作，感情深厚。

和平使命——二零一三

公元二零一三年，良时中俄联军演。

张弓搭箭铁翼飞，保中伟业耀东寰。

老马识途欧亚线，古董天外落湖间。

林贵缘于友谊树，华章不可复制传。

　　奉军委命令，率军长潘良时（任战役指挥员）、军区副参谋长张岩（任副总导演）、政治部副主任秦保中（任副总导演）、军区空军副司令员王伟（任副总导演）、副参谋长王铁翼（任战役副指挥员）、军区作战部副部长马吉祥（任导演助理）、外办主任董希宾（任导演助理）、空军某师师长金林贵、某旅旅长华义、陆航团团长郭耀东等，远赴俄罗斯车里亚宾斯克进行联合军演，获得圆满成功。赋诗一首并将十位同人隐含诗中备忘。

北疆赞

大江东去兴安边，黑河誓洗瑗珲冤。

伊春一扫强虏焰，鹤立九岗唱新篇。

佳木逢春三江暖，双鸭临池不畏寒。

鸡鸣西岭东方亮，牡丹含苞朵三千。

　　隆冬时节，与毕毅等同志巡察中俄边境防务，由大
兴安岭、黑河、伊春、鹤岗、佳木斯、双鸭山、鸡西至
牡丹江，于冰天雪地中行程三千余公里。

　　"鹤立九岗"暗喻边防团。

　　"双鸭临池"暗喻巡逻艇大队。

鸡鸣三国

鸡鸣三国土字牌，圈河图们口岸开。

延吉通白千里界，长寿好王跨步来。

丹东新义江连海，断桥焉能成障碍。

同饮一江鸭绿水，共图半岛风云白。

"土字牌"位于防川哨所中俄朝三国交界起点第一座界碑处。"好太王"又称广开土大王，是史上东北地方政权高句丽第十九代君王，中朝边境集安境内有"好太王"碑，为其子长寿王所立。

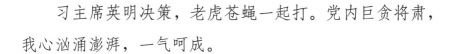

老虎苍蝇一起打

惊闻巨贪被调查，喜不自禁笑哈哈。

擒虎有方入虎穴，灭蝇无计逐蝇抓。

扬汤止沸沸更加，釜底抽薪薪不发。

反腐犹如净环境，暴风骤雨连根拔。

　　习主席英明决策，老虎苍蝇一起打。党内巨贪将肃，我心汹涌澎湃，一气呵成。

战略策

单极驴象缠丝功，双鹰两顾拉西东。

弱伴无力保幼主，强邻反目争其锋。

佛国常念拖字诀，神州三地稳和经。

缠拉保争拖稳和，七字真言战略通。

　　近年来，美国调整亚太政策，企图遏制我和平崛起，国之周边狼烟四起，闹事频频，何以应对，至关重要。

　　"单极驴象"指美国；"双鹰"指俄罗斯；"强邻"指日本；"佛国"指印度；"神州三地"指港、澳、台。

赴东北

共产党员一块石，东西南北任党支。

千年砗磲贝成宝，万载琥珀木化磁。

人过有名名贵久，雁去留声声难持。

五湖放眼戍关外，四海为家主义滋！

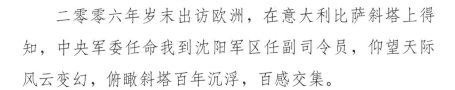

二零零六年岁末出访欧洲，在意大利比萨斜塔上得知，中央军委任命我到沈阳军区任副司令员，仰望天际风云变幻，俯瞰斜塔百年沉浮，百感交集。

回　首

西南东北复西南，老马回头草更甜。

蓉城北上豪情溢，盛京南下意志坚。

纵驰青铜跨区炼，横跨欧亚联军演。

庆幸七载乌纱旧，夙夜枕戈斩楼兰。

吾二零零六年十二月出川入关任职，旋即七年整。今再次入川，斗转星移，我心更坚。离任之前草成八句，以敬友人。

"蓉城"指成都。

"盛京"指沈阳。

圆 月

是日中秋月正圆，她身再现待八年。

进退去留寻常事，难忘对影壶中仙。

花甲百岁只过半，哪有愁肠转百圈。

英雄畅饮桂花酒，豪气一吐环宇间。

据天文学家说今年中秋月最圆，明年次之，其后再次之，直至八年后，乃中秋又正圆也。由此突发感悟。

牛年短信赠茂之

朴实忠诚当属牛，终生劳作计何愁？

羔羊相伴无霸气，虎豹侵袭有奇谋。

鞠躬尽瘁全身献，不使毛皮半点留。

牛年话牛献牛力，金融危机算个球！

二零零九年，系旧历牛年，适逢金融危机席卷全球，西方世界唱衰中国经济发展之声不绝于耳，部分国人颇多忧虑，须知中国人民素来勤劳勇敢，常常以牛自居，故作此语。

过壶口瀑布

黄河之水天上来，壶口瀑布展胸怀。

莫怨浊浪排空溅，须知清溪源头开。

初生幼芽盆中载，久成老树难成才。

泥牛入海不可怕，巨龙飞天春雨筛。

二零零九年，率某师到宁夏青铜峡进行跨区演习，归途中经延安过壶口瀑布，适逢黄河水涨，巨浪排空，轰鸣震天。正在吾背水沉思之时，伟中同志按下快门，果然有些气势，欣然题之。

曼德拉

南非总统曼德拉，三色生命世人夸。

自然长寿九五尊，政治舞台六七佳。

铁窗锁志二十七，囹圄悟道囚号发。

古稀荣登诺贝尔，黑白肤色不分家。

北京时间二零一三年十二月六日晨，曼德拉与世长辞，全球媒体争相报道，大国领导人纷纷致电悼念。有人说，曼德拉有三个生命，自然生命九十五岁，政治生命六十七年，在罗本岛蹲二十七年监狱后任南非总统并获诺贝尔和平奖，历史生命因"自由斗士"之名永不凋零，地不分南北，人不分黑白，皆曰奇世伟人。可谓死而不亡者寿也！

反 贪

陈年佳酿斗十千，富可敌国聚大贪。

玉杯百盏卿卿乐，好酒万金户户难。

谷里华俊老窖炼，山巅奇珍新贵玩。

才高八斗难高就，德厚一寸怎当官。

闻谷俊山家藏年份酒近两千箱，珍宝无数，国人皆
曰史上巨贪。愤慨之余草成一首。

走进崇高染崇高

走进崇高染崇高，顿感周身涌大潮。

浩田神笔聚英杰，敬之仙书结兰交。

文韬武略斗室飙，经天纬地壶中烧。

西化图谋难实现，东方飞鹤一翅摇。

茂之兄约我到其创办的"走进崇高"研究院，百闻不如一见，顿感周身热血沸腾。

附贺茂之院长和诗：

走进崇高迎崇高，阴霾逃离来春潮。

两次大演中外震，三个不学古今皎。

西南早铸御敌阵，东北又升驱寇飙。

华夏原有香石在，四方狼豺魂魄摇。

《走进崇高染崇高》（孙南京书）

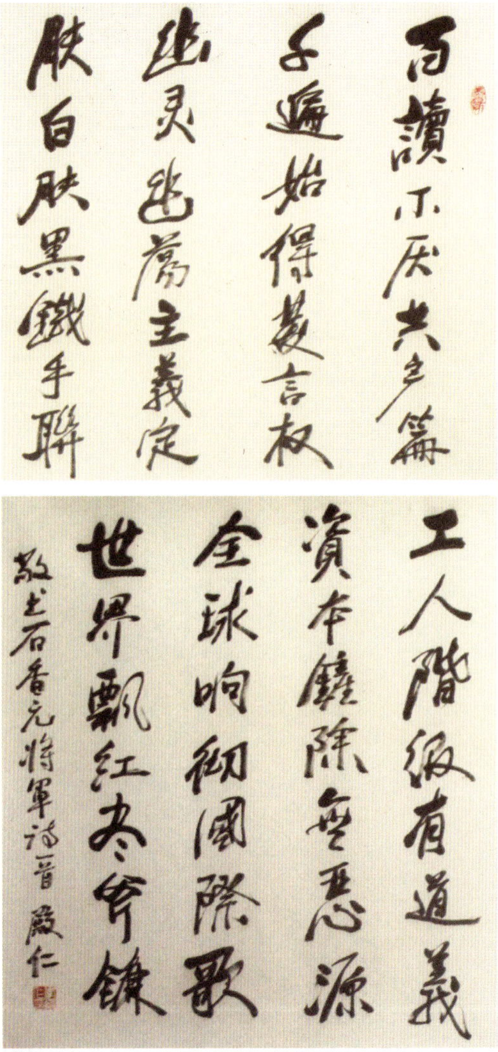

百讀不厭共多篇
千遍始得藝言叔
逝靈逝廢主義定
肌白肌黑鐵手聯

工人階級有道義
資本鏟除無惡源
全球响徹國際歌
世界飄紅共爭�‍鐮

敬志石香元將軍祐晉 殿仁

《主义颂》（李殿仁书）

主义颂

百读不厌共产篇，千遍始得发言权。

幽灵幽荡主义定，肤白肤黑铁手联。

工人阶级有道义，资本铲除无恶源。

全球响彻国际歌，世界飘红尽斧镰。

　　连日来，《共产党宣言》天天读，可谓手不释卷，几乎耳熟能颂。曾记得伟人说过，《宣言》不读千遍没有发言权。以我之体会，无论百遍千遍，甚或万遍，每读一遍都有新的感悟，如饮醇酒，如尝甘露，心旷神怡也！毋庸置疑，共产主义在当前仍处低谷，很多人不信马列，一些曾经信过的人也改弦易辙，另寻他途去了。而我却愈觉意志弥坚，或许这就是信仰的力量吧！记之备忘。

自　信

常言辨才七年期，雄才辨我二十一。

三昧真火八卦炼，凡胎脱尽眼不迷。

智者无怨怨气消，强者无妒妒火稀。

刚者无欲欲可灭，勇者有信信真理。

"试玉要烧三日满，辨才须待七年期。"识人七年可谓久矣！而我则历经三个七年的"非常"磨炼：首个七年，当了七年大头兵，屡遭偷梁换柱；次个七年，在师参谋长岗位上历经暴风骤雨；第三个七年因受军中权奸排挤而止步。如此这般恰似进了太上老君的八卦炉，炼就火眼金睛，成就智强刚勇，故有此言。

老实吃香

老实吃亏怎么办？党报人民有论坛。

四月二日我署名，五大网络竞相传。

大坝易毁查涌管，长城难固验底砖。

投机钻营不得利，老实吃香聚大贤。

2013 年 4 月 2 日《人民日报》四版"人民论坛"栏目刊载我《老实人吃亏怎么办?》（见附录）一文，社会反响强烈。

贺嫦娥三号登月

嫦娥三号落虹湾，玉兔九天展新颜。

广寒宫内舒广袖，桂花池畔举桂欢。

华族华夏梦正酣，强国强军征途难。

冷对月球一小步，笑指太空十万山。

十二月十四日看嫦娥三号登月实况转播即兴。
"虹湾"系嫦娥三号在月球的着陆地区。

诗词颂

诗词有律仄平严，首颔起承颈再粘。

字字转合声入韵，联联对仗是宏篇。

千百年来多有文人骚客佳作传世，诗圣杜甫一首《登高》位列千古榜首，更有人民领袖毛泽东《七律·长征》《七律·答友人》意境高远，催人奋进。偶学之，亦感淋漓尽致也！权当体会记之。

主义真

该用能用未用人，过杠犹思报党恩。

羔羊跪乳君子义，烈士断头保国臣。

他年北上磨剑纹，今朝南下筑巢身。

节气不脆志勿亚，难忘终生主义真。

十一月二十七日晚，有位首长对我说：你是该用能用未被重用而又过了提拔年龄的人，对你的情况我们以前知道一些但不甚具体，现在清楚了。闻此言不禁百感交集，于枕上草成。

唇亡齿必寒

文臣武将依次淘，弱邻政局又飘摇。

同室操戈相煎急，隔窗摇扇也心焦。

三朝统治病抽丝，一瞬崩驾如山倒。

门前多算五步子，后院少忧一着糟。

常言道：唇亡齿必寒。弱邻政局复杂多变，经略周边，稳定乃急务。

夜游嘉定坊

乐山食府嘉定坊，八项规定锁凄凉。

琼楼不见丽人影，玉阁难觅厨师忙。

大佛千年静心肠，小鬼一日燥腑慌。

人民常赞强身曲，英雄含恨断魂香。

晚饭后与友人在号称"大佛长卷"的乐山嘉定坊漫步，只见三里长街食府，琼楼玉阁雕梁画栋，极致豪华，并不见游人如织，更不闻炊香四溢，考问其究，乃中央八项规定使然，公款消费去之，舌尖浪费自然去之，即便暂时萧条些，又有何妨！

贺特战比武夺冠

粒米绣花针九孔，百步穿杨猎双鹰。

腾挪闪展三拳定，飞檐走壁四座惊。

五洋捉鳖蛟龙影，九天揽月飞燕轻。

身怀绝技强军梦，精忠报国扬美名。

全军举办特战兵比武，军区代表队勇夺金牌第一。射击教练员以绣花针穿生米粒磨炼队员沉稳之气，居然做到在一颗大米粒上钻九孔而米粒不碎，教练惊叹超过他创造的八孔纪录。

聆听习主席讲话有感

麻绳易从细处断，堡垒难在内部坚。

寒冬少蛆低温灭，酷夏多蚊高热繁。

苍蝇未灭老虎欢，铁笼不建虎难关。

领袖提纲撒大网，恶虎刁蝇一同完。

　　在云南临沧军分区收听收看习主席在全党教育实践活动总结部署会上讲话，"麻绳易从细处断"，语言朴实，道理深刻，令人信心大增，豪情满怀，欣然命笔。堡垒大多是从内部攻破的，要把堡垒内部搞坚固，本身就是难题。

奔牛广场有感

伟哉红河州政府，奔牛高原展宏途。

龙喷五岳超千尺，狮吼三山震百都。

哈尼长裙裹金珠，瑶彝短衫绣银姝。

高悬国徽黎民入，俯首力戒百姓屠。

　　久闻云南红河哈尼族彝族自治州政府广场宏伟异常，亲临之，果然气势不凡，但愿能物遂人愿，杜绝本不该有的铺张浪费，真正实现其为民服务的价值。

跑　面

半月狂奔三十营，老马奋蹄昼夜行。

川渝秘访凯旋将，云贵速察集骧兵。

两军久战胆气赢，四旅新编战技精。

军民融合五省颂，亮剑西南四海名。

　　自一月八日至二十二日历时半月，遍走两集团军和省军区三十余营区，可谓昼夜兼程，废寝忘食。

　　"凯旋"指某集团军军长王凯和政委郑璇；"集镶兵"指某集团军军长王兵和政委黄集镶；"四旅"指新改编的四个作战旅。

蹲　点

十日深蹲红军连，中将挂上列兵衔。

黎明号响操场勇，幕夜灯熄促膝谈。

牢记八一红旗染，深悟三湾制改编。

强军力戒客里空，脚踏实地一脉传。

习近平主席强调军以上干部蹲连驻班，意在打掉官气，传承优良作风。跑面要有速度，蹲点要有深度，解决问题要有力度。走马观花与浅尝辄止都在摈弃之列。

朴素工作法

小试朴素工作法，大众欢欣翘指夸。

朴乃未雕天然木，素系不染丝质佳。

五多顽症害群马，四风固疾鼠街打。

真理何须重包裹，铁石留印戒轻抓。

　　真理不用包装，包装好的未必是真理。古人早就有言在先：朴为未雕之木，素乃未染之丝。由此，朴素含义可想而知。工作方法亦然。

马春昂首待扬鞭

蓉城赴任满月还，盛京探母大年关。

北国不见瑞雪飞，南陲却遭朔风寒。

子午流柱阴阳转，春夏秋冬八卦联。

蛇冬屈尾命不绝，马春昂首待扬鞭。

年前由成都到沈阳，一下飞机，艳阳高照，并不见一派隆冬景象，联想到斗转星移，阴错阳差之事，感慨系之。

为"一带一路"国际合作高峰论坛
而作

五岳三山唱离合，一带一路奏凯歌。

驴象争锋川普乐，黄龙笑对黑天鹅。

西域鲜逢九曲河，东方常遇逆风车。

睡狮梦醒群猴撒，巨人丝绸舞长蛇。

　　是日一带一路高峰论坛在北京开幕，与会1500余人，来自130多个国家和70多个国际组织。习近平主席发表主旨演讲，世界瞩目，国人皆喜。曾几何时，贸易大战，萨德危机，环球一时阴霾滚滚。如今一番丝路花雨，神秘黑天鹅悄然远去。为何？为何？答案只有一个，正义必胜！真理必胜！

《为"一带一路"高峰合作论坛作》（刘子贤作）

金陵再聚鬓斑斑　不忘同窗翰墨缘

石城龙盘惊天地　桃李化雨　生炳耀四海青

春献丹忱三军壮志　坚化攘壁重波　扬子拥

踊跃又唱大风篇　癸未回南京母校丁亥秋　工力

《回南京母校》（杨工力书）

回南京母校

金陵再聚鬓丝斑，不忘寒窗热血牵。

论剑石头如虎踞，经天浪里作成全。

炳荣四海青春献，开泰三军壮志坚。

伏枥重吸扬子水，奋蹄又唱大风篇。

　　三十年前在南京陆军指挥学院学习，学制两年。本队队长周炳荣，政委王开泰。同学来自全军，均为团营干部。当时正值而立之年风华正茂，如今耳顺之际，虽已解甲，但童心未泯。南京再聚，依然豪气干云，借酒成诗。

　　南京史称石头城、金陵，因石城、钟阜（钟山）得虎踞龙盘之势。

贺马年元宵赠友人

情人节遇马元宵，西东文化一体操。

夏娃牛郎天河会，亚当织女禁果抛。

七夕常恨暗渡少，伊甸鲜喜明月高。

环宇一统无鳏寡，世界大同多鹊桥。

　　2月14日系情人节，适逢马年元宵，19年一遇，更巧的是友人说他过生日，一语触发灵感，即席哼出八句，祝普天下有情人终成眷属！

贺李坚柔夺冠

索契冬奥李坚柔，短道速滑占鳌头。

三番领先前锋勇，一瞬落伍后阵忧。

百舸争流沉船突，千帆竞渡风雨愁。

艺高胆大生静气，后能居上赖奇谋。

索契冬奥会女子 500 米短道速滑风云变幻，此前中国队曾获三连冠，因主力队员王蒙蒙缺席而险象环生，不料 28 岁老将处变不惊，一举夺冠，令人刮目相看。看似碰了运气，实则天道酬勤也。

京华烟云

雾霾低沉昼色茫，红日高悬似卵黄。

京华处处有烟云，国都人人盼阳光。

千年苛政猛于虎，百载杂税赛豺狼。

区区污染何挂齿，朗朗乾坤正义张。

甲午年二月二十一日，在首都机场候机，雾霾低沉，昼夜难分，感慨念之。

赞茅台

佳酿自古属茅台，仁德赤水释胸怀。

小酌唇齿留香溢，豪饮周天迳自开。

布衣寒舍半束柴，将士热血一壶筛，

遵义转折舒心志，娄山报捷鸿运来。

　　茅台酒好，久负盛名。茅台人常挂在嘴边的话题是红军长征时曾用茅台酒清洗伤口，因此称其为"军酒"。

三军高歌真相白

欣悉徐贪党籍开，彻夜无眠乐开怀。

才薄如纸理想废，厚颜似城主义衰。

道貌岸然君子远，阳奉阴违小人来。

一人倾覆举国庆，三军高歌真相白。

建党九十三周年前夕，徐才厚被清除出党，党心大快！人心大快！欣喜之至，夜不能寐，于枕上草成以敬友人。

七月一日

重庆民兵赞

重庆民兵斗志昂，联考联评演兵忙。

武装奔袭三千米，战地穿梭五列桩。

森林灭火赛消防，大坝抗洪胜禹王。

走打吃住九龙坡，应急鏖战美名扬。

　　七月四日，视察重庆市民兵应急力量军地联考联评活动，看到军民奋勇拼搏的精神面貌，不禁想到毛主席的那句名言："兵民乃胜利之本。"

八一闻大老虎落网抒怀

立案审查周永康，贪官顿感梦黄粱。

惊天动地神州庆，军民同赞近平强。

锁虎铁笼凭好钢，灭蝇恢网看短长。

怒指升天鸡犬落，乐见树倒猢狲藏。

时值建军节，闻中央立案审查周永康，喜不自禁，欣然落笔。

安顺行

一瀑飞空万仞山，百尺彩练挂千帆。

涓涓溪流形如织，滔滔巨浪势无前，

贵州自古少平原，屯堡安顺数百年。

若飞三顾灵杰地，战书频频捷报传。

甲午年八月二日，在贵州安顺军分区调研，下午观看黄果树瀑布，艳阳高照，巨浪排空，彩虹如织，心潮澎湃，情不自禁吟出八句。"屯堡"指大明王朝在安顺实施的屯堡行动。"若飞"指王若飞，安顺人。栗战书曾任贵州省委书记，群众口碑甚好，引领贵州发展，气势如虹，故有此句。

鲁甸抗震救灾

鲁甸地震八零三，震中锁定龙头山。

九度地裂山体崩，牛栏江涌堰塞悬。

主席挥手千军展，总理抚慰万民安。

纪元甲午励恒志，光复乌蒙续荣篇。

　　八月三日，云南昭通市鲁甸县龙头山镇发生6.5级地震。我奉命担任抗震救灾军方总指挥，从贵州毕节星夜入滇，临近震中，道路堵塞，汽车无法通行，换乘避难老乡的摩托车赶到震中。

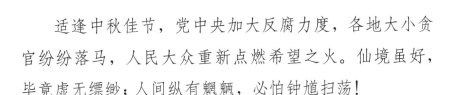

神州可图强

月宫桂无香，嫦娥梦悠长。

吴刚愁酒尽，仙境也苍凉。

人间多魍魉，歧山除妖忙。

习总发宏愿，神州可图强。

适逢中秋佳节，党中央加大反腐力度，各地大小贪官纷纷落马，人民大众重新点燃希望之火。仙境虽好，毕竟虚无缥缈；人间纵有魍魉，必怕钟馗扫荡！

四 戒

酒色财气四把刀，一招致命也难逃。

英雄常惜美人泪，豪杰更恋夜觚浇。

醉有应得得亦消，色胆包天天不饶。

财迷心窍灵魂丧，气大伤身节度夭。

　　看贪官《忏悔录》，无论官阶高低、罪恶轻重，莫不输在酒色财气，可见"四戒"之重要。

咏阆中

阆中山水世无双，天宫院醉八卦王。

锦屏笔架乌骓鞍，蟠龙背锁嘉陵江。

贡院两度题金榜，古城四现状元郎。

飞肉千张不腻口，麸醋一滴齿留香。

　　阆中世称风水城，有锦屏山、蟠龙山、天宫院、贡院等诸多景观，更有张飞牛肉、阆中醋、父子状元等名闻遐迩。

黄继光纪念馆有感

特级英雄黄继光，华诞中江石马塘。

援朝克敌身作盾，死而不亡寿无疆。

小平题词魁山墙，大义丰碑设祭堂。

烈士生前饮弹雨，不疑身后香火长。

有位哲人曾说："四川这个地方很有特点，平地出文豪，如巴金、郭沫若、苏轼父子三人；山地出英雄，出将帅。"仔细一想，果然如此。

女娲不弃顽石炼

自古怀才不遇多，恰似流星渡银河。

天本无情天难老，人常有志人易折。

阴阳互补八卦生，乾坤相对五行克。

女娲不弃顽石炼，后羿须唱留日歌。

　　自古多有怀才不遇者。由于"郭徐"之流祸害部队多年，更有众多人才被排挤打压。但大凡有智慧者总是相信："天生我材必有用。"

解甲更思领路人

养儿方知父母恩，解甲更思领路人。

投笔从戎南疆战，抛妻别子北国奔。

羔羊跪乳君子义，烈士断头保国臣。

伏枥常怀千里志，补天当献顽石身。

解甲归田易，伏枥怀远难。有几人能像周总理那样"春蚕到死丝方尽，蜡炬成灰泪始干"。

毕节织金洞

织金洞中仙，果真有奇观。

鬼斧神工妙，全凭滴水穿。

金盔赛凤冠，玉树胜银簪。

人间有此境，何须觅广寒。

　　早就听说贵州毕节有亚洲最大的溶洞，进去一看，果然不同凡响。

背后有双眼

牢记背后有双眼，儿行千里父母牵。

常思羔羊跪乳事，知恩图报义当先。

班排连营再入团，师军大区中将衔。

步步台阶前辈领，次次帮扶驻心田。

有好友写过一篇散文《难忘背后那双眼睛》。读之，深受感动。回想自己，生自农村、出身布衣、官至大区、位列中将，在政治生态严重污染之时，尚能洁身安保，多亏牢记背后有双眼啊！

强军唯恐内鬼乱

征袍血染卸雕鞍，武穆遗恨沐九泉。

强军唯恐内鬼乱，护国何惧外敌顽。

长城难固透水砖，大厦易毁蛀虫钻。

怒指苍龙磨利剑，笑看伏虎慰心弦。

堡垒容易从内部攻破，民族英雄岳飞没有战死沙场，却死在奸臣秦桧手中。如今清算"郭徐"之流，就是清除内鬼。

同志加兄弟

河口老街一桥连，友谊之花二度鲜。

边民共结金兰义，官兵同巡曲径宽。

两国一制信经典，同志兄弟史空前。

陆界口岸无烽火，海防前哨尽炊烟。

二零一五年四月十五日至十八日，参加中越两国高层代表团边境会晤，共叙同志加兄弟情谊。

斧头镰刀绣党旗

劳动人民顶天地，斧头镰刀绣党旗。

铸剑为犁终有日，战将遗恨泪沾衣。

家有贤妻腹无饥，国无良将贼有隙。

近忧难能遮望眼，平常可贵心不迷。

毛主席在天安门城楼上高呼"人民万岁"！中国共产党之所以把斧头、镰刀镌刻在党的旗帜上，就是告诫全党永远不能忘记工农大众。

贺五一

五一罢工百多年，劳动有节万民欢。

当年只求八时制，岂料如今整日闲。

就业失业大循环，有钱无钱小康难。

真理一旦成谬误，马列焉能代代传。

130年前芝加哥工人为争取八小时工作制举行大罢工，劳动人民用拒绝劳动的方式获得了自己的节日，显示了无产阶级的力量，同时也使无产者看到了资产阶级的软肋，此后众多社会主义制度的出现，终于使劳苦大众成为国家的主人，也使劳动回归了它本来应有的创造财富和服务人民的伟大意义。正如伟大领袖毛主席所预料的那样：前途是光明的，道路是曲折的。如今社会主义仍然处于世界低潮，劳动者获得的权利在全世界很多地方得而复失，劳动这一无比光荣的字眼又在到处受到

嘲讽和蔑视，曾经令整个资产阶级为之惧怕的团结工人又成了一盘散沙，斧头镰刀被践踏在地。悲乎！悲乎！但我们坚信，有习总书记的英明领导，中国这面为数不多的社会主义旗帜一定能高高飘扬！劳动光荣！只有劳动者才有权利享受劳动成果！不劳而获的贪官污吏和欺行霸市的资本强盗终将被彻底清除干净！

咏赞皇

吉日癸巳赞皇嬴，千年古县地杰灵。

六相保国五湖定，三甲登科四海名。

孟良抗金克辽兵。计发援朝上甘岭。

慨览千贤成旧梦，乐见后生胜蓝青。

赞皇县隶属于河北省石家庄市，县境内有山名赞，相传周穆王讨逆战胜于此，封为赞皇山，并于山崖巨石手刻"吉日癸巳"四字；赞皇历史上曾出现李德裕等六位宰相和李固言等三位状元，故有"六相"、"三甲"之谓；电影《上甘岭》中张忠发连长的原型是赞皇人张计发；县城以北有孟良山、焦赞岭，相传孟良也是赞皇人。

退成仙

免官三日满，方知早成仙。

冷眼看世俗，热血动九天。

心如止水静，意无野马癫。

安身凭睿智，立命靠平凡。

　　常有人把退休看成一道坎，每每失落而不能自拔，以致引起烦恼无数。连日来，我却全无此类感觉，居然平静得连自己都觉得惊奇了。

纪念抗战胜利七十周年

二八皇姑卷风云，三七卢沟灭人伦。

全民抗日古稀庆，神社军国鬼成群。

环球止战莫招魂，东亚旧梦安倍存。

山河伤痕今犹在，岂容岛霸再称尊。

为纪念抗战胜利七十周年而作。

"二八"指一九二八年六月四日，日本在沈阳制造的皇姑屯事件。

"三七"指一九三七年七月七日卢沟桥事变。

台儿庄有感

抗日齐鲁顶大梁，万敌魂丧台儿庄。

兰陵书院始祖印，大运城邦孔孟昌。

走进崇高立枣庄，践行基地再弘扬。

巨石补天天不漏，接力偷光光更强。

应茂之兄特邀，八月二十七日到台儿庄参加纪念抗日战争胜利七十周年暨走进崇高践行基地台儿庄现场会。枣庄历史文化厚重，有七千三百年的始祖文化，四千三百年的城邦文化，两千七百年的大运文化，一百三十多年的工业文化，七十多年的抗日文化。近年来茂之院长在其母校枣庄二中弘扬走进崇高精神，基地建设成效显著。时值理想信念缺失之际，铜臭之气弥漫之时，更显难能可贵。相传枣庄曾是补天女娲诞生之地，又有匡衡凿壁偷光勤奋之为，倘若能弘扬国粹，发扬传统，定可使崇高精神远播四海，家喻户晓！感慨系之，草成八句备忘。

抓周有感

天广一把抢大勺，阔步流星任逍遥。

天开二目锁朱印，端坐红毡验狼毫。

周岁抓周古来早，同胞趣同今更少。

文治武功齐努力，刚柔相济并天骄。

　　双孙周岁生日，席间依民俗让天开、天广二孙作抓周游戏。天广率先抓之，于众多物件中独取勺子一把，扬长而去，勺子高举，大步流星，其逍遥大度，引得众人哈哈大笑；继之轮到天开，面对衣食住行、文房四宝、古玩器物，不急不躁，仔细端详片刻，先取朱印，再拿毛笔，索性端坐红毡，细细把玩起来，其沉稳大度，同样令人拍手称赞！俗话说：从小看大，三岁看老。凡世间万物，皆为天生。秉性者，本质也！后天培养应顺乎特质，扬长避短，始能有为，大可不必拔苗助长！倘若能将自带优长发挥到极致，定可成功也！

津港事故

津港腾云入九霄，千百惊魂阎罗招。

烈焰滚滚女娲急，巨浪涛涛顽石抛。

童节夕阳江终老，银汉未渡身先烧。

股市诡波今犹在，祸不单行盼萧曹。

八月十二日天津港危化物爆炸，威力巨大，千百人伤亡，举国震惊。人们追思：六一儿童节夕阳红旅游团四百余人命丧江底，股市疯牛令亿万百姓瞬间倾家荡产。如今七夕未到，一把烈火泯灭千百情人鹊桥美梦，其中最小者年仅十八岁，何其惨也！十八大至今，习总书记呕心沥血，打虎拍蝇，可谓人心大快！但消极势力决不会自动退出历史舞台。目前，四处可见暗流涌动，上下可见推托萎靡。否则此类事焉能频频发生！政治路线确定之后，干部就是决定因素。国难思良将耶！家贫想贤妻耶！呜呼！

登成都电视塔并享用自助餐

高厨入云端，香飘月宫苑。

临风品五味，酸甜苦辣咸。

人生多苦短，圣贤少愁烦。

百代明是非，千古辨忠奸。

　　成都电视塔高耸入云，塔体顶端高 339 米，于 208 米处设旋转餐厅，在 213 米处可圆周观光。闲暇之时，登高处临窗小坐，花费 218 元，既饱口福又饱眼福。品五味嚼酸甜苦辣咸，悟人生看过眼烟云去，饶有情趣也！

电视剧《毛泽东》观后感

人民领袖毛泽东，百姓心中大救星。

开天日月新装换，辟地江海万恶平。

自力更生腰杆硬，为民服务公私明。

民主监督周律克，三分世界五洲宁。

连日来在看电视连续剧《毛泽东》，有时心潮起伏，有时热泪盈眶，有时畅笑开怀，有时……无数个有时，百感交集。毛泽东！伟大无比的毛泽东！有你，才有人民共和国；有你，才有人民大众的幸福；有你，才有朗朗乾坤永远属于人民！

九三阅兵有感

九三胜日大阅兵，六七方队称英雄。

千人合唱抗战曲，万鸽齐飞入太空。

国耻未雪剑亮锋，军威已壮虎出笼。

三代同堂四海梦，一朝扬鞭五洲同。

九三阅兵日，习主席检阅六十七个方队，千人大合唱，万只和平鸽放飞，盛况空前。

天助中华

昨日京城艳阳天，普天同庆七十年。

今朝暴雨倾盆落，苍天垂泪祭英贤。

正义之剑已高悬，和平飞鸽彩云穿。

人民意志乾坤定，三个必胜华夏揽。

　　友人自北京短信告知：昨日阅兵观礼天气奇好，汗流浃背似烤鸭，心情极度兴奋；今日风云突，变暴雨倾盆，滴滴答答如落汤，高呼天遂人愿。

　　据此有感而发，天助中华。

登万春阁有感

万春阁立万棵松，五方佛照五行中。

景山古槐惊魂定，斧镰新政别旧踪。

甲申垂泪甲午穷，梦想成真梦非空。

车辙明鉴车不覆，国强兵勇国运鸿。

早饭后随茂之兄游景山公园，绕山间台阶拾级而上，登顶环顾，松柏林立，郁郁葱葱，远近亭台楼阁尽收眼底。遥想华夏千年沧桑，百年兴衰，心潮起伏跌宕，肺腑五味杂陈。有感而发，吟出八句。

赞车轴山中学

中学当数车轴山，教育创新史空前。

行知闻达翘指赞，孔孟理喻戒尺闲。

烈马勒缰驭手颠，牧笛代绳牛自圈。

至简终须有大道，轴心妙处烹小鲜。

车轴山中学校长张斌利，创新教育理念，不设班主任，不检查作业，提出"自制力等于智商的二倍"，启发学生和教职员工良性互动，致使风气日新，学业大进，给人印象深刻。

今朝喜剧更好看

除恶务尽肃根源，功亏一篑何怨天。

兵不血刃将去勇，仕无廉耻相争贪。

鸡犬升天狂风卷，狐兔列阵狮虎玩。

悲歌自古多惨烈，喜剧今朝更好看。

　　近来网络某有影响人物发表感叹，见仁见智，评论颇多。以吾之见，悲观大可不必。除恶虽难务尽，但已收功一美二之效。吾坚信，虽仍有悲歌，但喜剧一定会更多更多！

忠孝双全

爷孙同贺寿诞日，虎龙相逢得意时。

十二生肖全家福，天干地支五行齐。

善男信女九重喜，文臣武将八方驰。

言行一致名垂范，忠孝两全德冠奇。

　　自古道："忠孝不能双全。"其实古今确有不少忠孝双全者。冬月二十二日，吾叔和其孙远隔万里同贺生日，共赞忠孝双全者，令人振奋。

贺三军新立

三军新立战旗红，习总训令亮洪钟。

枪短唇舌难做数，剑利笔墨易成功。

民富国强梦不空，政通人和道趋同。

今日庙算缚苍鹰，他年神机尽屠龙。

元旦新闻联播公布陆军领导机构、火箭军、战略支援部队成立大会于十二月三十一日在八一大楼举行，习主席为三军授旗并发布训令。军队改革大幕由此拉开，此后必然好戏连台。吾虽退出领导岗位，依然激情满怀，期盼强国梦、强军梦早日实现。

读史有感赠友人

正道沧桑五千年，是非荣辱一挥间。

春秋交替知冬夏，苦辣遍尝任消遣。

功名利禄身外悬，花天酒地难成仙。

慷慨悲歌推李杜，复兴中华梦香园。

腊八日，好友自三亚发短信来，其中有"三千年读史，不外功名利禄。九万里悟道，终归诗酒田园"句。短信发自深夜，待我看到已是早上。看窗外晨曦初照，听街上车水马龙，不禁浮想联翩，于枕上草成八句。

小年有感

腊月廿三过小年，灶王回宫报平安。

糖瓜沾蜜粘金口，玉帝堂前可避嫌。

百姓终生最平凡，屈膝只为仰青天。

申冤若期六月雪，肃贪何有王岐山。

农历腊月二十三是小年，有民俗送灶王爷，皆以糖瓜沾蜜祭之，意在不妄议凡间坏事，息事自可宁人。以吾观之，错也！倘若人间是非颠倒，冷暖无关要紧，天理何在？

小年即日

华夏尧舜有神针

九五华诞党更亲，百年美梦盼成真。

不忘初心向前进，牢记主义可淘金。

列强外蚀剑如森，蠹虫内腐欲断根。

南海仲裁管屁事，华夏尧舜有神针。

建党九十五周年之际，习主席发表重要讲话，提出不忘初心，继续前进。全党、全军、全国人民团结一心，斗志更坚。

丙申年党建日于成都

博弈有感

人生犹如大棋盘，车马象士炮兵全。

攻守均为保将帅，一招不慎输满盘。

明车暗炮卧槽险，士难出城相飞田。

小卒过河能逞勇，烈马瘸腿只等闲。

　　偶有闲暇，也常下几盘象棋，不大计较输赢，只求一时快活。久之回顾棋局，最险峻处大多不是直接死在车马上，或是被翻山炮打个正着，或是被过河卒拱得东倒西歪，恰似曲折人生，"明枪易躲，暗箭难防"，有人撑腰的小卒更不得不防啊！

周天歌二首

其一

龈交膻中下丹田，会阴尾闾命门连。

大椎玉枕百会顶，子午任督通周天。

　　小周天又曰子午周天，意在通过调身调心调息，以意领气，意气相随，周而复始，无限循环，使任督九穴经络相通，可收强身健脑之效。此法古已有之，口口相传，颇多神秘色彩。吾经细心体察，去除诸多繁文缛节，自自然然，顿感神清气爽，妙不可言！

周天歌二首

其二

百会紫气东来，龈交唇齿留香。

膻中心旷神怡，丹田炉火正旺。

会阴推陈出新，尾闾渡海漂洋。

命门精益求精，椎玉稳坐高堂。

任督二脉九穴相连，系经络干道枢纽。百会、龈交、膻中、丹田、会阴、尾闾、命门、大椎、玉枕每穴各有其旨，仔细品味，便可运用自如。

游嶂石岩

千层叠嶂嶂石岩，百绕回音音尽传。

槐泉古寺刻石现，冻凌飞瀑柱擎天。

九女拜寿蟠桃宴，韩湘子卧洞成仙。

玉皇大帝隔空看，农家小院梦犹酣。

    七月，酷暑难耐。堂弟建设约我偕好友到嶂石岩避暑。住农家小院三日，每日爬山不止，少则 10 公里，多则近 20 公里，遍游回音壁、槐泉寺、冻凌背、韩湘子洞、玉皇庙、九女峰等。山川之美尽收眼底，宇宙精妙微化于胸，故有小诗存念。

有感于周本顺为死乌龟送葬

乌龟骤死书记埋，黎民受难无人睬。

广厦千间香火旺，僻壤单灶已无柴。

朱门酒肉冰箱塞，黑屋冻骨似糠筛。

领袖操劳暖暖意，精准扶贫快快来。

中央电视台披露原河北省委书记不信马列信鬼神，连家里的小乌龟死了都亲自埋葬，整日烧香拜佛，不管黎民疾苦。如此这般，不进监狱进哪里？

再登大观楼

再登古楼看大观，烟波浩淼解长联。

稻香渔火今何在，浑水半江对青山。

白贼敲骨碧鸡关，仇霸吸髓螺蛳湾。

灵仪质刚重展翅，神骏气豪又飞天。

　　大观楼位昆明滇池之滨，乃清康熙年间所建，因孙髯翁题写一百八十字长联而闻名于世。近十余年来，省委书记白恩培、副书记仇和等贪腐无度，政治生态和自然生态双双恶化。习主席力挽狂澜，及时清除贪官污吏，任命了新的书记、省长，民心大振。

　　"金马碧鸡"和"螺蛳湾"均为昆明地名。"灵仪"和"神骏"均引自长联，指碧鸡似凤凰飞舞，金马似神骏飞奔。

新长征

长征接力难上难，万壑千沟险中险。

西海常涌滔天浪，东洋遍贴跌打丸。

神州自古江河暖，华夏如今更胜寒。

纵有环球漫天雪，荡尽黄沙换新颜。

　　适逢长征胜利八十周年，中央电视台推出八集纪录片《永远在路上》，首集便是《人心向背》，寓意深刻。毛主席的《七律·长征》大气磅礴，可谓长征之强音赞歌。习主席号召全党不忘初心继续长征，只要永远在路上，就会日趋目标终点。

家乡美

清河水绿瓦龙青，韩信拜将回车营。

百年灵柏玉皇庙，千载古槐郭万井。

治平寺塔立嘉应，孤山石柱南天擎。

人杰自有忠良在，物华永存仁孝经。

　　吾家乡位于河北省赞皇县清河乡南清河村。济河绕村而过，村东瓦龙山高耸，村西李左车拜将台遗址尚存，村南可远眺石柱山，村北可近观治平寺，村中玉皇庙庙小香火盛，门前古柏树细枝叶繁。郭万井千年古槐雷劈不死，树洞自成屋，家家户户老戏迷信口开河，余音常绕梁。民风淳朴，妻贤子孝，夜不闭户。美哉！美哉！

访越有感

七九征程一四还，弹痕依稀路两边。

恩将仇报何时了，安忍同根煮豆煎。

胡周六香结金兰，终身未娶子不传。

湖神收剑止再战，南海诸岛灭风烟。

一九七九年二月十七日参加对越自卫还击作战，由
云南方向出境，三十五年后率团出访，由老街到河内，
一路上抚今追昔，感慨万千。

"六香"指当年周总理访问越南时，胡志明主席特意
亲自挑选六种香花浸泡茶杯。胡、周二人是老朋友，感
情深厚。一个终身未娶，一个子女全无，人格高尚。

"湖神收剑"取自河内公园雕塑之典故。

调查研究与怀孕分娩

调查只为解难题，犹如孕妇待检时。

十月怀胎须仔细，一朝分娩终有期。

发育欠缺勤料理，足月顺产莫迟疑。

临盆遇险十万急，果断持刀两重喜。

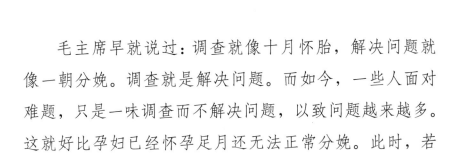

毛主席早就说过：调查就像十月怀胎，解决问题就像一朝分娩。调查就是解决问题。而如今，一些人面对难题，只是一味调查而不解决问题，以致问题越来越多。这就好比孕妇已经怀孕足月还无法正常分娩。此时，若不果断拿起手术刀来，岂不误了大事！

因此写了《勇敢地拿起解决问题的手术刀》（见附录）一文，《人民日报》和《解放军报》都刊登了。

贺老部队成立七十周年

雄师华诞七十年，百战宝刀刃不卷。

中原逐鹿奇功建，雪域射雕印旅瘫。

丛林驱虎越寇歼，拉萨戒严威名传。

全军盛会教学练，听党指挥再当先。

老部队原系 18 军 52 师，新中国成立后进军西藏，一九六九年移防乐山。历次作战中屡建奇功，威名大振。近年来，弘扬传统，不断再创辉煌。"印旅"即印军之旅。

心　曲

飞瀑盼高悬，激流点江山。

笔下有乾坤，入里自扬鞭。

人生何苦短，往事尽如烟。

追风勿丧志，赶月凯歌还。

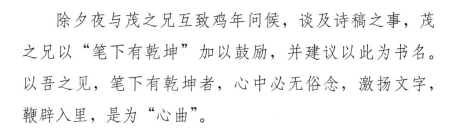

除夕夜与茂之兄互致鸡年问候，谈及诗稿之事，茂之兄以"笔下有乾坤"加以鼓励，并建议以此为书名。以吾之见，笔下有乾坤者，心中必无俗念，激扬文字，鞭辟入里，是为"心曲"。

步韵复贺兄端午诗

自古英雄多洒泪，如今百川少流汇。

鱼龙争宠漫天涌，风浪淘沙污泥坠。

真假无凭衷肠问，虚实有据义胆贵。

人生险处验知音，贺节征途屈子归。

附贺茂之院长原诗：

> 端午长天洒冷泪，人间移动热忱汇。
>
> 潮来鱼龙皆相涌，风过叶花俱飘坠。
>
> 孰真孰假无须问，谁实谁虚自显贵。
>
> 崇高征途有知音，当代屈子何时归？

闻老友乔迁感怀

景山暗渡颐和园，抱柱涟漪五味全。

旧巢十年梁绕燕，新居半日鹤飞天。

崇高正义势如山，龌龊歪风力支难。

后院当比前院美，雄鹰断喙巨鹰欢。

颐和园南如意门有"抱柱石""绣漪桥"，也曾有"鱼跃""鸢飞"两牌楼。

和海钱兄《礼赞》

南昌起义剑扬魂，血染城头浩气存。

城市乡村夺日月，拼杀蓄力比乾坤。

娄山晓雁鸣鹄志，赤水琼浆敬帅门。

倒海翻江谁胜我，敌顽领教颂经论。

附杨海钱：

八一礼赞

南昌举义铸精魂，九秩风流万古存。

自拥武装开岁月，但燎星火定乾坤。

强军至笃中兴志，淬剑高悬报国门。

底事和平呼唤我，当擎大纛不须论！

和海钱兄《抒怀》

兵心不老鬓毛稀，梦唱军歌壮美词。

四秩风云披甲月，一心沥血育雄师。

青青弃笔何所以，岁岁拾戎为安之。

自古边陲多战火，识图烈马赛奔驰。

附杨海钱：

八一抒怀

莫谓兵心近古稀，梦中犹唱大江词。

连营夜度千山月，一马晨催万乘师。

白发相于思所以，暮年如此更何之。

南陲闻说起烽火，铁血应流惭不驰！

步韵和海钱兄《狼牙山五壮士》

狼牙壮士美名传，气度冲天宇宙间。

死纵悬崖崖记事，魂牵义谷谷咏关。

生前浩气全民尚，故后荣光百姓还。

撼树蚍蜉玩意泯，英雄大彩岂容删。

附杨海钱七律：

观《国宝档案·狼牙山五壮士》

传奇且赖一山传，气荡狼牙沟谷间。

壮士轻身身外事，棋盘度鬼鬼门关。

为担道义高仍尚，故唤精神去复还。

忍对良知难作泯，几多诬语尽须删！

贺家乡诗词协会成立三十年

燕赵悲慷曲目多，诗词壮烈振山河。

潇潇易水风霜劲，峭峭狼牙利剑磨。

自古平川雾霾薄，如今遍地净乌蛇。

英雄善武不择器，荡尽黄沙一首歌。

　　微信圈诸多战友纷纷写诗填词祝贺家乡诗词协会，我也即兴一首。

君子兰

四季绿叶一季花，花去香留叶更雅。

叶花相衬堪君子，花红叶绿不胜夸。

为堂前君子兰题记

　　堂前君子兰系几年前以三百元从中街花市购得，虽未经精心打理，但年年花开花落，花开日叶花交相辉映，花落日叶片碧绿如新，香气不绝，乃真君子也。

换新装

八一庆典忙，对镜理新装。

难忘国防绿，情系战友长。

二零零七年八一建军节换发新军服，据说此款军服在国防绿中加了"松枝绿"，由此变成冷色调，与国际接轨了。冷则冷矣，但热情难抑。

飞雪春花总相随

飞雪春花总相随，前浪不涌后浪推。

伏枥难忘千里志，老马奋蹄箭步追。

飞雪飘，隆冬至，天地昏暗。军中权奸横行霸道，乌烟瘴气，但我坚信雪后自有艳阳天。

无　题

演兵场建办公楼，鸟语花香绿悠悠。

军营不闻喊杀声，沙场怎见寇血流。

　　阔别七年再到某作战团，入大门即见吊车高耸，一派建设景象，昔日宽阔的演兵场成了高大的办公楼，再看设计图纸，青龙、白虎、朱雀、玄武颇多讲究，不禁眉头紧锁，感慨万千。

咏 竹

出土有节千山茂，放排无心万河行。

岁寒三友中堂坐，梅兰菊外有坚名。

　　松竹梅乃岁寒三友，梅兰竹菊乃四君子，其中皆有竹也，难怪东坡言，宁可食无肉，不可居无竹。

《咏竹图》（孙志江作）

《咏梅图》（孙志江作）

咏　梅

何香不畏寒，冰封独俏颜。

无须争春报，只为染江山。

　　隆冬至，百花谢。唯见院中几株腊梅迎风傲雪，或红或白或黄，皆香气怡然，故有此句。

传 承

当年朱德警卫连，八一先锋红旗染。

今朝华夏忠烈辈，九零后生接力传。

　　一月八日由成都到乐山，中午时分途经眉山，随机拉动红一连，行动神速，战士多为九零后，顿感长征接力有来人。

树　德

十年树木百年人，千年胡杨万年根。

死而不亡德存寿，生不如死道失真。

　　一九九八年重修乐山某部大院，植榕树若干株于路旁，十五年后再看，枝干丰满，几成参天之象，再到干休所看望老同志，当年数十人多数已经作古，仅有七人健在，但逝者的精神永存。联想到时下一些猪狗不如的贪官，他们虽生犹死也！

文武江津

文魁陈独秀，武帅聂荣臻。

江湾多灵气，津门有红人。

　　一月九日到重庆江津，该地红色文化浓厚，不仅有陈独秀故居和聂帅纪念馆，尚有红军师长期驻扎，因此久负盛名。可谓"文武江津"也！

铜梁锣鼓

铜梁锣鼓震边陲，特级英雄邱少云。

舞龙舞进中南海，当兵当到艺超群。

　　重庆铜梁乃特级英雄邱少云家乡，历来善锣鼓并有舞龙传统，红军团官兵曾经代表铜梁进京参加国庆表演，因此威名更显。

古钟新人鸣更响

重回旧部十八冬，老树新枝八面风。

古钟新人鸣更响，强军后生好传承。

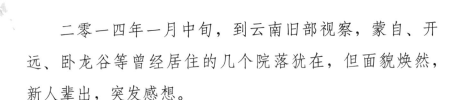

二零一四年一月中旬，到云南旧部视察，蒙自、开远、卧龙谷等曾经居住的几个院落犹在，但面貌焕然，新人辈出，突发感想。

英雄落难续衷肠

稼轩金戈不敢当，弃疾词章甲苍凉。

鸿雁高飞防折翅，英雄落难续衷肠。

好友劝我早把几首拙作结集，并戏称"稼轩金戈"。
我知其好意，但实不敢当，故有四句回复。

国门有感

英雄脚下已长眠，笑慰国门铸险关。

壮志凌云魂魄在，东洋小鬼莫装憨。

正在云南边防视察部队之时，闻日本首相安倍之流再放厥词，不禁怒火冲天。

独　蒜

弥渡大蒜瓣不分，恰似亲朋一家人。

台独分裂相煎急，安知独蒜一统身。

　　由临沧到大理必经弥渡，此地盛产独蒜，无论大小，皆不分瓣，形如圆卵，辛味纯正。正在享用之时，同桌有人谈起台独话题，一语触发吾之灵感，台独分子有违天理，不如弥渡大蒜也！

端午唱离骚

端午周边乱未休，美日小丑几貉丘。

天问离骚今又唱，魑魅魍魉一把揪。

围绕西沙群岛中建南981钻井平台车，国之周边狼烟再起，美日企图借美国亚太再平衡战略，拼凑反华大合唱。时逢端午日，国人吃蜜粽、喝雄黄酒、划龙舟，凭吊屈原，爱国热情高涨，备感欣慰。

罗瑞卿故居有感

大将瑞卿唱大风，纵死只为洗清名。

宁可玉碎不作瓦，虽坐犹立鬼神惊。

　　罗瑞卿故居位于四川省南充市将军路，为光绪年间修建的一座三合院式木结构穿斗青瓦房。

元阳梯田

梯田堪比心田，血脉灵动期间。

水平当如明镜，万壑无颜高悬。

　　梯田美，元阳梯田美之最。摄影爱好者四季不绝于此，审美之余，可曾想过水平如镜，心中若有千沟万壑，岂能秉公执法。明镜高悬是要把一碗水端平的，如果心中有了更多的沟沟壑壑，即便如梯田一般美丽，还能执法如山吗？

小船底漏小河翻

东水顶风买高官，乌纱加冕十三天。

大清实为大不清，小船底漏小河翻。

"东水"指张东水；"大清"指于大清。

赞国足

中国足球有起色，亚杯两战耐琢磨。

打虎灭蝇除脚臭，晨曦定可葬暮歌。

元月十四日，国足在澳大利亚对阵乌兹别克，在先失一球的不利情况下沉着冷静，战术灵活，终于不孚众望，吴曦、孙可各进一球，锁定胜局，以两连胜提前出线。拍手称赞之余，不禁浮想联翩，想我堂堂文明古国，人口十三亿之众，何至谈足摇头色变？概因腐败尔！今党中央强力反腐倡廉，不仅雪国耻，亦可除脚臭，安能不见奇效也。

朱德故居有感

马鞍镇北琳琅山，元勋故里势不凡。

朱总一生布衣范，德冠三军品若兰。

任四川省军区司令员期间，多次想去仪陇瞻仰朱总故居，一直没能成行。临近退休之际，专程前往瞻仰，深为朱总高风亮节感动。

黄昏颂

为江洋《人约黄昏后》题记

翠竹叶黄心未老，苍鹰断喙寿犹长。

星光耀眼黄昏后，佳梦梅开二度香。

《人约黄昏后》（江洋作）

《梅雀图》（江洋作）

独　醒

为江洋《梅雀图》题记

登高只为品风寒，傲骨凌霜质地坚。

冷艳更觉黄花贵，东风不待绿家园。

风花雪月

铁马秋风风送爽，战地黄花花更香。

楼船夜雪刀光闪，边关冷月剑影长。

　　风花雪月并非文人墨客所独享，在军人眼中，更有特殊含义。

擎天何必有神工

千度高温成火龙，百般锤炼任尔冲。

表里曲直全承受，擎天何必有神工。

参观贵州水城钢铁公司轧钢车间，再次领悟钢铁是怎样炼成的。

贺羊年春节并赠友人

三羊开泰好运承，一颗鼠屎恶胃疼。

待到神猴奋起日，遍地雄鸡唱大风。

俗话说："一颗老鼠屎坏掉一锅汤。"清除腐败，意在净化环境。羊年有好气象，猴年、鸡年定会好运连连。

观三线建设博物馆

三线建设大文章，为民备战又备荒。

两个拳头有力量，屁股坐稳不慌张。

利用在贵州视察部队之机，参观三线建设博物馆，深受感动。毛主席说："农业是一个拳头，国防是一个拳头，屁股坐稳了，遇事就不慌。"

诗语有魂

诗语含情心著魂，搜肠刮肚意难存。

悲愤无言词带血，欢庆有声泪迎春。

　　诗言志，诗有魂。诗语若能惊人者，必能动人心弦，绝非搜肠刮肚或隔靴搔痒所能为之！无论悲喜，皆然！

于建党九十四周年偶感记之

贺免职

免官身更清，除尘玉洁明。

遗风垂万世，憾趣成古经。

是日任满最高限，回首四十五年军旅生涯，顿悟良
多，口占四句，横竖可鉴也！

六月三十日

贺冬奥并祝八一快乐

冬奥申办羊年成，华夏期待虎威风。

冰心玉壶柔情在，雪橇飞天骨气争。

吉隆坡消息：中国申办二零二二年冬奥会成功，北京成为第一个双奥会举办城市。二零一五年是羊年，反腐重拳、亚投行、冬奥申办可谓三阳开泰。更期待二零二二虎年华夏虎威大振！

八一于成都

咏丽江

丽江土著纳西人，世代繁衍兴走婚。
古城交响东巴乐，雪山辉映玉龙纹。

　　丽江古城乃五星级景区，东巴文字、纳西古乐、雪山盛境，再加神神秘秘的摩梭走婚趣闻趣事，形成了极具特色的旅游胜地。常常令人流连忘返。

大爱寓平凡

中秋国庆紧相连，双节双贺月更圆。

嫦娥常怨广寒冷，可知大爱寓平凡。

乙未年中秋

婵娟天地圆

大爱寓平凡，真情母子间。

嫦娥乾坤护，婵娟天地圆。

贺双节

弟兄同贺双节好，情真意茂胜春潮。

一言蔽之兄为上，两地诗书颂天骄。

没有困难

无须云梯能上天，有义山高人之巅。

困兽犹斗争口气，难去半边又新翻。

难能可贵

难去半边又新翻，能舞双刃身自安。

可添三水飞舟渡，贵人全凭贝中穿。

肃贪须有戒尺

三把戒尺肃贪官，正义之剑永高悬。

公私两条明界限，党众一心对青天。

肃清贪官流毒，尤其是深入清理其对党的组织建设造成的危害，意义重大而深远。当前这项工作正在有序展开，效果显著，大得人心。但是也应看到，有些藏得很深的人还未得到清理，企图蒙混过关；有些本来涉贪不深的人由于"摊上事了"，担心被一锅端而忧心忡忡。我以为，打好这场反贪纵身领域的攻坚战，需要认真贯彻习主席除恶务尽的要求，依靠各级党组织，充分发动群众，用"三把尺子"进行辩证衡量。

其一，是忠于党还是忠于"某些人"。

其二，是跑官要官还是"担心受排挤"。

其三，是损公肥私还是"被迫解囊"。

　　对以上三种情况区分清楚并不难。一是相信党组织；二是依靠群众。事实充分证明，只要严格履行民主集中制，我们各级党组织的战斗力是坚强的，否则反腐败就不可能贯彻到底。事实也不断证明，我们的广大群众是既热爱党，同时又心明眼亮的。离开了群众监督，任何反腐败也不可能彻底。对那些根本就不忠于党，唯贪官马首是瞻，既上了"贼船"又入了"贼圈"的人，必须坚决清除，杜绝漏网之鱼；对那些跑官要官，损公肥私的人，坚决依法惩处，毫不手软；对一些本来就比较优秀，一贯廉洁奉公，始终在组织和群众心目中应该提拔重用，只是担心在不良风气和环境中受贪官排挤，忍痛用自己微薄的钱财随了"大流"，表示了"意思"的人，则应有所区别。这样做并非降低了标准，而是体现了实事求是，具体情况具体分析，最大限度地团结了大多数，有利于真正形成反腐倡廉的群众基础和良性氛围。

石鼓镇有感

万里长江第一湾，石鼓再响三六年。

诸葛点将擒孟获，贺任挥师向延安。

　　长江第一湾位于石鼓镇。蜀汉诸葛亮为擒孟获曾经在此点将。明嘉靖年间因两次征战获胜立汉白玉石鼓记事。一九三六年贺龙、任弼时率红军二六军团从此渡江奔赴延安。往事历历，变化无穷；江水滔滔，回肠百转。以吾观之，天地同理，顺天意顺民意者胜，逆历史潮流而动者必然失败。

贺振龙友爱女佳婿新婚之喜

宝璐龙口四方明，大吕黄钟六音清。

珠联璧合姻缘好，太傅名扬五洲平。

得知好友傅振龙爱女傅璐与佳婿吕扬大喜之日，特赋诗一首祝贺，聊表寸心。

乙未年冬月

贺王维、杨文静新婚之喜

克己为公茂林芳，丁壮自然铁军强。

王杨连理枝头旺，后继有人福满堂。

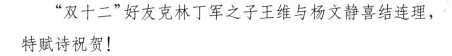

"双十二"好友克林丁军之子王维与杨文静喜结连理，特赋诗祝贺！

乙未年冬月

入　定

心静自然万物存，得道天理质地纯，

忘我私欲终远去，入定方知乐乾坤。

　　闲暇之时与家人谈起静、定之事。以吾观之，心静并不等于心空。心空者万物不存，几近虚无；心静者万般皆实，幸福满满。以物质变精神，可生定力；以精神变物质，则生静气。正所谓，有神则心不惊，有粮则心不慌也！

赞先遣团荒漠绿化

丹心可使荒漠绿，青山未老柏松森。

茂林遮风天之义，修竹持节待理纯。

　　茂之兄介绍我与廖理纯同志认识。理纯作为走进崇
高先遣团团长、环保公益植树活动发起人，至今已有志
愿者174批7000余人次参与，成效卓著，被评为先进人
物。昨晚有幸出席他们的活动，感受颇深。绿化荒漠难，
绿化人心更难！有一批理纯这样的绿化者，国之大幸！
民之大幸！

足踏凡尘笑古今

羊脂弥勒叶荷身，貌似初春倍暖心。

入室芝兰香铸梦，足踏凡尘笑古今。

　　挚友七十寿诞，无以相送，遂将跟随吾数年之手把件赠与存念。此物精工雕刻，弥勒佛荷叶盖顶，足踏凡尘。恰可表达吾兄弟情深也！

元宵节感怀

香车宝盖满京都，华彩元宵可迷途。

盛世常思国殇日，情系崇高念紫姑。

"紫姑"指"正月十五迎紫姑"风俗。民间传说紫姑因穷困而死，百姓们同情她、怀念她，有些地方便出现了此风俗。

丙申年元宵节于北京

兄弟真情可问天

夜探西海行路难，老将飞马识迷关。

贺石无须桃园会，兄弟真情可问天。

　　丙申年二月末在茂之处与好友共进晚餐后赴西海北沿，司机路不熟左右为难，茂之兄多次下车探视打听，岖岖窄巷子，堂堂老将军，茫茫夜色中，构成一幅绝美的深情画卷！伟哉茂之！你的为人，你的美德，你的魅力，乃至你的一切，无不崇高感人！

倒车有感

后视全凭镜中观，左顾右盼两周全。

远近曲直方向转，正误常悬一念间。

　　吾早年即会开车，但不善倒车。尤其入库时，常常方向感顿失，颇费踌躇。其实，自然界很多现象耐人琢磨，无论人还是动物，乃至机械，皆有前行易后退难之特点。倘若不掉头，径直后退，常游移不定。由此观之，把握好退的学问，并不容易！

贺妇女节

妇女翻身庆三八，巾帼奇志梦中华。

红妆武装飞双凤，大家小家育英葩。

毛主席曾经为女民兵题照"中华儿女多奇志，不爱
红妆爱武装"。如今中国妇女理应更加意气风发，斗志昂
扬，为实现中国梦大显身手！

丙申年妇女节

夏日偶感

初夏菩提脱黄袍，隆冬腊梅绽春潮。

英雄常喜反常事，日月同圆遇同朝。

　　初夏晨起，偶见院中菩提树叶金黄尽染，一阵狂风扫过，片甲不留，恰似黄袍脱落，仅存佛骨丹心。联想到隆冬时节院中腊梅傲雪怒放，顿时心中春潮翻滚。大自然何其妙哉！英雄不蹈矩，常有壮举问世，日月循天规，更有同辉日。几个苍蝇嗡嗡叫，怎废江河万古流?!

眼病所思

乍知眼底病黄斑，明暗曲直分辨难。

马鹿混淆身边事，百闻一见耐周旋。

近期体检，方知左眼黄斑区突发病变，不仅视物模糊，最要紧的是明暗曲直难辨，由此造成扭曲变形。人们常说"百闻不如一见"。大家知道，得了"红眼病"的人是见不得别人发财得利的，见了就发急。我想这些人倘若是眼底患了黄斑病，那岂不是完全是非颠倒？因此，信一见还是信百闻，真还得踌躇再三了。

茶　友

色若金钟六腑清，香如幽兰五脏平。

形似晓月三生定，味比甘泉一心经。

　　君子之交淡如水，而水者常指茶水也！以茶会友者，清茶一杯，畅叙友情，虽也不乏高谈阔论，但雅致平和终为主流。然酒肉频频者则不同，唯知酒肉者更不同，脑满肥肠，酒气熏天，轻诺寡信，凡此种种，害人不浅。在世风日下之时，多些茶友，少些酒友，有益无害。

品　茶

观色察形寓神功，品香回味韵无穷。

红绿黑白千重浪，人生尽在一壶中。

　　近日与中医朋友闲聊，叮嘱适度饮茶以平衡阴阳，并说红绿白黑各有其道，生熟新陈兼藏其本，若能辩证用之，必有奇效。回到家中连夜翻箱倒柜，居然各类都有收获，花样繁多，五味杂陈。连饮数日，未知阴阳平衡与否，倒从中悟出些许茶外之意。

游黄龙溪所想

夜游黄龙溪竞流，三望金銮殿自愁。
用武只求卧薪地，何时挽弓验吴钩？

黄龙溪古镇位于成都双流区东南边缘之地，因溪似黄龙而得名。闲暇之夜，从龙头至龙尾沿河漫游，遥想五千年华夏文明，多少志士仁人殚精竭虑，愁肠百转，其中不乏成功者，也不乏成仁者；不乏有怨有悔者，也不乏无怨无悔者。正是这涓涓细流，成就了滔滔江海，而这奔腾不息的溪水，饱含着多少无名英雄的豪情和泪水啊！

咏鹤赠茂之

雄鸡昂首东方白，丹鹤曲颈强音开。

高足自当群中立，短长妙补现胸怀。

十六日清晨，吾离京返蓉，茂之兄执意相送，安检口挥手告别的一刹那间，忽觉百感交集。茂之号东方鹤，以吾观之，其品貌堪以鹤比。鹤发童颜，老当益壮，高朋满堂，人才荟萃，知识渊博，谦虚谨慎，待人真诚，无微不至。更可贵的是其刚直不阿，胸怀坦荡。吾与其相处久矣！如饮老酒，越久越醇，越久越香！

《咏鹤图》（孙志江作）

《锦城湖写意》（孙志江作）

锦城湖写意

烟雨苍茫锦湖幽，佳丽双桨荡孤舟。

鸳鸯交颈千层浪，倩影重叠万重楼。

成都有锦城湖，虽不似西湖千姿百态，宛若天堂，倒也因盆地缘由少风多雨，薄雾常留而独有风韵。

羽尽方察巢中毛

邻窗结发渡鹊桥，从戎执教两情遥。

四十一载同林鸟，羽尽方察巢中毛。

"邻窗"指同窗，"羽尽"指病逝。

相对乾坤咫尺遥

乐在余生认羽毛，鹊桥直觅奈何桥。

阴阳两隔同心近，相对乾坤咫尺遥。

　　吾以《羽尽方察巢中毛》诗寄海钱兄，其步韵以悼：
"归忆何堪说鹊桥，阴阳已隔望中遥。谁怜四秩同巢梦，
却在余生认羽毛。"吾感其诚，又和之。

读海钱兄《鹧鸪天·家宴小聚》词作有感

琴心铸剑鹧鸪鸣，笑忆南疆满腹情。

兵将忧国愁解甲，齐家百姓盼军精。

　　四十六年前吾与海钱同赴云南边陲服役，如今虽鬓发斑白，依然兵心未老，一腔热血忠心可鉴矣！

　　附杨海钱词：

鹧鸪天　家宴小聚

忽叩疑惊鬓发皤，将军驱驾问婆娑。小排家宴虚情少，故入浮杯别味多。

丘北事，老山歌，戎机肯忆话蹉跎。兵心那个堪终老，有剑还须为国磨！

看北陵神树有感

北陵古松发六枝，恰似兄妹总相持。

风雨同株千载立，神韵堪比少年时。

沈阳北陵古木参天，树龄三百年以上者两千余株，苍松形态各异，犹以北门附近六枝油松为奇，粗大树干离地两米处齐刷刷并生六枝，挺拔直立，高入云霄，虽历经沧桑，仍青枝绿叶，一派生机，人称神树。

针 灸

灵龟八卦五行针，扁鹊华佗再世神。

阴阳补泄妙手定，男女百病可回春。

好友介绍祖传中医针灸，不仅针法奇特，且百疾可医，尤其对亚健康人群，经络稍有瘀阻，尚未形成实症者，效果更佳。

卸磨常有待宰驴

狐假虎威内心虚，狼披人皮岸然居。

客走茶凉何须怨，卸磨常有待宰驴。

在京数日，与诸多朋友、熟人相见，感受崇高，亦感受龌龊。真朋友则定有真情，情真意切，何等崇高！而熟人者，则未必全是真情了，面熟心不熟者尤甚。其中不乏变脸者，或白或黄或红或绿，倘若遇上黑脸，则更能激发灵感，考验火眼金睛。

贺女排夺冠

巾帼里约秀排球，须眉奥运竞风流。

环宇响彻义勇曲，神州载梦逍遥游。

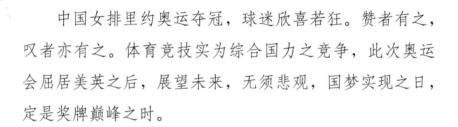

中国女排里约奥运夺冠，球迷欣喜若狂。赞者有之，叹者亦有之。体育竞技实为综合国力之竞争，此次奥运会屈居美英之后，展望未来，无须悲观，国梦实现之日，定是奖牌巅峰之时。

除草有感

除草谷稗幼难分，一铲不慎良种飞。

三岁看老学问大，育人无方塑惊雷。

十年树木，百年树人。人们常说从小看大，三岁看老。意思大概是小时候看准了，往往八九不离十。我刚入伍时曾经在部队农场种过稻谷，每逢除草时节，最挠头的就是分不清谷子还是稗子，一念之差，就把好端端的谷苗判了死刑。如今联想到育人，小时候分清良莠固然重要，但仍须树立终生理念，早晚节同样重要啊！稍有不慎，就会出贪官甚至是大贪官哩！

器乐思

吹笙十指对捧空，拉琴双手满把弓。
弹筝孤掌音难放，唱破大风靠心胸。

　　吾虽不善音律，但每逢偶遇吹拉弹唱者，也常常驻足片刻，听其声，观其行，并由此联想人生百味，略有所得。

居所思

锦湖碧水荡轻舟，小径通幽香满楼。

冬夏多忧谋一统，春秋筑梦灭乡愁。

  居所位于湖畔街旁，可谓偏安一隅了，自然环境清净。有人说"躲进小楼成一统，管它春夏与冬秋"，但我做不到。几十年戎马生涯，几十年跌宕起伏。饱暖思淫欲，饥寒励伟志。一息尚存，安能不忧国忧民乎！

输赢常在一念间

拳似流星脚似钻，手眼身法步当先。

刚柔进退凭心力，输赢常在一念间。

吾自幼习武，初练重力，继之重德，日久走心，唯有走心者是为精髓。

天池题记

天池碧水海相连，地火涌动铁流掀。

风云际会大革命，如来五指小空翻。

长白山天池系火山喷发所致，水深千尺，瀑布长流，而水量终年不变，人们疑其与海相通。大自然伟哉！

中秋寄语

中秋满月万家欢，十五初一等量观。

贫富圆缺小碟菜，阴阳互补大循环。

中秋年年过，月亮月月圆，人有悲欢离合，月有阴晴圆缺，此事古难全。唯有智者能静赏圆月，笑看人生，坦然面对。

疗甲偶感

真菌染甲甲成灰，手足连心心力微。

病去抽丝丝难尽，不追穷寇寇如魁。

国人多有不拘小节者，常常以为牙疼不是病，甲病不碍事，由此吃尽苦头。七十年代，吾因执行潜伏作战任务时双脚泡在水中，连日不曾脱鞋，导致十指化脓，继成脚气，久之又成灰甲，手足未能幸免。灰指甲难治。于此，大街小巷到处有小广告、小诊所。数十年间，也曾多次尝试治疗，皆因此疾异常顽固，除恶不尽而收效甚微。最近在大脚丫诊所下了决心，用时一个月，花费数千元，将手足十余个病甲全部去除，虽疼痛难忍，但终于看到治愈希望。

拙石唯愿补苍天

拙石唯愿补苍天，日月轮回腹水旋。

西顾星辰江海滥，雷公怒劈不周山。

　　吾以"西顾星辰"暗喻如果有人企图西化，搞资本主义，人民不会答应。共工怒而触不周山，人民发怒，更是势不可当！

贺天宫二号

天宫二号入太空，嫦娥再舞中国龙。

神舟牵手十月梦，睡狮猛醒东方红。

中秋夜天宫二号空间试验站在酒泉发射入轨，十月神舟 11 号载人飞船将与其对接展开试验。从时间选择上看，中秋国庆两大节日喜事连连，寓意深刻！

为刘真真点赞

山东东营刘真真，奇病病险渐冻人。

死神含笑育新生，灵魂无瑕净凡尘。

　　渐冻人乃罕见奇病，病程通常不过十年，平均寿命不足五年，更罕见有生育者。刘真真身为女性，泰然面对，不仅以网络征婚获暖男真情，而且以超凡勇气喜得贵子，其身何等柔弱，而其心何等坚强！令人感动至深！

丙申年九月看央视节目之后

国庆祭英雄

主席国庆献花篮，英烈欢欣笑九泉。

战旗褪色先辈忧，血红当由后生染。

　　国庆六十七周年之际，习主席率政治局常委和各界人士在人民英雄纪念碑前敬献花篮，此举意义重大。从新中国成立前有人怀疑"红旗到底能打多久"，到如今全世界更多人预言红旗落地，九泉之下，无数革命先烈悲乎！忧乎！只有真正的共产党人才会坚定不移！常言有国才有家，几人怀己更怀他？但愿年年庆国庆，莫唱亡国后庭花！

看日出日落

朝暮时分六七点，起落红透半边天。

强弱光芒终未变，阴晴都在太空悬。

　　摄影爱好者多有日出日落照片，常有健忘者分不清朝阳与晚霞，时时混淆。以吾观之，太阳系恒星，地球环绕旋转，虽有四季之分，朝夕之变，但其始终光芒万丈。坚定理想信念，当有此定力，何虑风雷雨雪，云卷云舒？

风口浪尖

人生永不落征帆，一息尚存弄潮欢。

不避风口潮头立，专走浪尖浪底穿。

看央视《艺术人生》节目，某艺术家老当益壮，斗志昂扬，令人热血沸腾，浮想联翩。大丈夫志存高远，纵有百般挫折，千难万险，何惧风口浪尖哉！

装修小记

水电瓦木再加油，五工俱全次第筹。

古朴现代分中西，环保品位竞风流。

　　社会渐入小康，购房者日益增多，装修业生意兴隆，更多有为装修房屋不得要领而苦恼者。以吾观之，无论大房小房，工种不外水、电、瓦、木、油，风格不外中西古现，而档次则全在材料之环保高低。把握四句精髓，分清主次，科学统筹，必出精工也。

重阳节感怀

九九重阳敬老人，殷殷情怀献衷心。

游子登高乡愁烈，可知茱萸不成林。

重阳节又称老人节。国人素来尊老敬老，但近年来也有一些富了的人们数典忘祖，忘恩负义，道德沦丧，何处遍插茱萸？是该警醒的时候了！

附李鹏青和诗：

登高答友人

他年登高我携老，今日重阳独登高。

遍寻翠微又平坡，不见茱萸只有草。

贺神舟十一号

神舟十一又载人，天宫满月宿景陈。

飞星传情鹊桥筑，织女牛郎梦成真。

十月十七日七时三十分，神舟十一号载景海鹏、陈冬从酒泉基地成功发射，拟两日内与天宫二号自动对接，进行为期三十天的空间科学试验。习近平主席自印度果阿专发贺电。古诗词中有"纤云弄巧，飞星传恨"句，织女牛郎只能隔空兴叹！如今国家富强，宏图大展，太空行走已属常态，何愁梦想不成真！

虎跳峡题记

虎跳深峡为求生，何愁巨浪总排空。

纵身一跃名千古，稳坐磐石笑武松。

　　虎跳峡位于丽江。相传古代有一猛虎遭猎人追赶，带箭狂奔，危急时刻，又被深峡阻隔，万丈深渊，巨浪排空，无路可逃。眼看猎人张弓搭箭，即将得手，不料猛虎无所畏惧，纵身一跃，竟然跳过深峡，稳坐磐石，猎人只得悻悻而归。

熊猫繁育研究基地有感

熊猫猫熊一字差，民主主民两排他。

国宝全球博爱地，遍走环宇自由家。

　　熊猫研究中心海清主任邀我去看熊猫繁殖基地。熊猫是国宝，世人皆喜。大陆叫熊猫，台湾则称其为猫熊，一字之差，耐人寻味。联想到民主与主民，次序一颠倒，含义大不同，但真理的魅力毋庸置疑。试看今日之中国熊猫，足迹遍布五洲四海，任凭风云变幻，胜似闲庭信步也！

贺露寒玢洁喜得贵子

玢洁本似玉，露寒质比雪。

杨李同林茂，佳木坚如铁。

接秘书李露寒短信报告，其妻杨玢洁顺产贵子，重七斤六两。军人又添新后生，强军后继有人，喜不自胜，欣然贺之。

战南疆

铁流滚滚向西南，热血腾腾周身燃。

蚍蜉撼树蝉声亮，牛刀杀鸡秀美餐。

南疆骤起风烟，部队连夜从训练场飞奔战场。初闻此役牛刀杀鸡，顿感饥肠辘辘。

一九七九年二月

战地写照

满地菠萝满地雷，炮声隆隆鸦雀飞。

战地黄花胸前挂，猫耳洞中鼾声微。

战地多菠萝，也多地雷，几乎漫山遍野。由于生在北方，以前不曾见过种在地里的菠萝，倒是见过许多小日本留下的地雷，感叹何其相似！

翱远心曲

跨区军演

策马西行欲飞天，苍穹揽月几回圆。
剑指豺狼五行定，可待伏虎在眼前。

率沈阳军区导演部及某集团军某部连跨五省，边走边演，直逼宁夏青铜峡，与兰州军区某部进行对抗演习，战斗力大增。

芙蓉树前遐想

锦城芙蓉赛牡丹，逢雨花重彩裙翻。

满树芬芳迎彩蝶，叶黄犹存未开丸。

　　锦城湖多芙蓉，秋冬季节，花朵满树，色彩斑斓。一阵薄雨过后，花裙湿润，层层叠叠。及至寒风飘过，叶黄枝枯，依然有众多花蕾含苞待放，怎不使人浮想联翩？

猫 趣

为志江《猫戏图》题记

神情大度一品猫，谑浪游蜂二目骄。

术业身怀三级跳，弓惊黄雀四面逃。

　　志江《猫戏图》画面生动，寓意深刻。鼠辈为何怕猫？盖因技艺高超。身怀绝技者，何虑黄雀在后！

《猫戏图》（孙志江作）

《秋情图》（孙志江作）

咏高粱

为志江《秋情图》题记

成熟红透半边天，高跷挺立头不弯。

柔情荡满青纱帐，烈酒醉壮英雄胆。

干粮棉被

一袋干粮半床被，红军精神血染泪。

续写征途两万五，复兴中华色不褪。

长征路上，红军官兵把一袋干粮留给群众，不惜自己饿死，把一床薄被剪给群众半边，不怕自己冻残。长驱两万五千里，播撒革命火种，为的是复兴中华，救人民群众于水火。实现习近平主席提出的强国强军梦，必须在新的征途中发扬红军传统。

诗情画意

诗情入画画成诗，画意吟诗诗更奇。

笔墨有神神魂摄，丹青重彩彩人倚。

　　偶有雅兴，以几首小诗赠朋友，复我皆可入画，由此联想到"诗中有画，画中有诗"的高论，灵感忽至，口占四句。

何求独立野鸡群

落花流水叶低沉，野鹤孤峰雾残云。

羽重仍怀展翅日，何求独立野鸡群。

　　暴风雨后，雾锁孤峰，鹤立残枝，依然翩翩欲飞，耐人寻味。

冬　训

万人千车赴西昌，神兵决战菩萨岗。

伏虎大勇三冬练，西南小霸一扫光。

西昌菩萨岗地区高寒缺氧，是练兵的好场地。我任师长，连续三年率全师到此磨刀，官兵斗志昂扬。

总理颂

甘棠大爱忆恩来，四海灵花处处开。

吐哺归心昭日月，五洲再颂巨英才。

　　晨起，走进崇高朋友圈儿短信不断，纷纷纪念周总理逝世四十二周年。总理精神感天动地，激励一代又一代国人不忘初心，艰苦奋斗。新时代弘扬总理精神意义重大。如今习主席发出三个"一以贯之"的伟大号召，吾辈当认真学习习近平新时代中国特色社会主义思想，躬身实践总理精神，为中华民族复兴大业增砖添瓦，以告慰总理在天英灵！

咏长江赠友人

宜宾上海两地遥，巨龙飞东一水桥。

头尾相顾千山抱，冷暖帆挂万影娇。

近日在上海，友人发短信，言及长江第一湾至入海处，宛若一衣带水，首尾相连。一语触发吾之灵感，是啊！这滚滚长江弯弯曲曲，恰似情侣愁肠百转，不忍离去；沿途群山环抱，百舸争流，寒暑同帆，如影随形。故有此句。

为浩福集团胡铭丛靖题记

从一而生丛林红，立马青山靖国公。

古月常圆胡服梦，金银浩福铭巨龙。

　　胡铭丛靖热爱经济，又热爱军旅，数年如一日不计
回报，热衷军民融合发展，成绩显著。

赞欧冠军转干部创业

尽职奉献第一强，尽责专攻不二张。

尽善擂台连三冠，尽美普天誉四方。

欧冠信息科技有限公司凝聚军转干部英才，潜心大数据研究，其领军人物要求团队尽职尽责、尽善尽美，十五年如一日，丢了妻子，苦了孩子，赔了票子，无怨无悔，终于在大数据软件开发上独树一帜，填补该项目自主知识产权国内空白。

高低信步是真人

仰天龙腾池水深，俯地虎跃激流奔。

上下巅峰寻妙处，高低信步是真人。

好友夫人善针灸，为寻求最佳效果，常常在自己身上试验，终于掌握俯仰深浅之术，通经活络，妙不可言。

画笔常圆山河梦

江心石立浪自飞，洋底香沉鱼竞追。

画笔常圆山河梦，美图当盼丽人归。

人有志，画有魂。寄情于山水者，并非泯灭凌云之志，而是励志于景，挥洒自然。

特战精兵

高原弹指立险峰，平川奔马闯天坑。

静若处子江河涌，动如脱兔靶心崩。

习主席要求军人"四有"，而有血性乃军人特质，必须冬练三九，夏练三伏。

看《挑战不可能》之后

人类嗅觉不及狗，以短比长堪自否。

天生怪才有奇用，地产草根拔头筹。

央视《挑战不可能》节目展现了警犬"草根"的惊人嗅觉，以一滴血融入2000万亿倍清水中，随机提取两小份样本，与十三份清水任意分部于十五台越野车中，警犬轻松从中嗅出血样，使人类借助科技手段都无法完成的事情成为可能。在"人不如狗"的一片唏嘘之中，顿有所悟。

春夏秋冬

春风催枝醒，夏雨润蝉鸣。

秋霜染明月，冬雪亮梅青。

自古咏四季者众多，见仁见智，各有千秋。以吾观之，春风夏雨秋霜冬雪乃四时之本。春风唤醒大地一片新绿，夏雨滋润万物繁荣昌盛，秋霜尽染江山多姿多彩，冬雪覆盖原野洁白一切尘埃！人亦有春夏秋冬，只要万变不离其本，岂能老矣！

初　战

冰心一团火，热血双眉锁。

横刀秋风过，竖剑当有我。

　　初次上战场，说不紧张，那不现实。但只要理想信
念坚定，必然冰心似火，热血沸腾，敢于横刀立马。

冬 练

晨曦军号催，信步铁驹追。

摸爬裹银被，滚打响惊雷。

　　北国严冬寒气逼人。千家万户依然在梦乡之时，军人早已钻出热被窝，扑向风雪中。

守　志

肥膘乏脚力，瘦骨有铜声。

花开蝶争艳，枝枯不愁争。

李贺有《马诗》二十三首，其四云："此马非凡马，房星本是星。向前敲瘦骨，犹自带铜声。"瘦马尚有志，枯枝安能愁无用乎！

雪　后

气凝成雪借低温，漫天洁白意深沉。

松梅兰竹寒风鉴，冰霜雾雨孰成真。

不衰之理

道合阴阳柔寓刚，理法自然弱胜强。

意守天真胆气壮，常接地气福寿长。

一阴一阳谓之道。道者，合阴阳，法自然，存天理，接地气，故能久盛不衰。

为李新春烈士写照

血尽弹犹存，枪凝烈士身。

只眼准星照，单膝跪乾坤。

　　李新春是云南人，作战中大腿中弹，血流不止，为掩护战友，他来不及包扎伤口，继续跪姿射击，直至流尽最后一滴血。战友们发现他时，地上散落着打空的弹匣和撕开的急救包，枪膛里仍有数发子弹，他依然保持跪姿射击姿势，双眉紧锁，一目圆睁，人枪一体，无法分离，成为一尊永恒的雕塑。

为谋之道

跳出事务圈子外，钻进主官身影中。

大处着眼全局定，小节不疏见真功。

以吾浅见，无论参谋还是参谋长，若要当得称职，必须有主见而不主观。既捡得起芝麻，又搬得动西瓜。心系主官，胸有全局，从大处着眼、小处着手。事毕之后，既不显山，又不露水。要甘当无名英雄，自觉地把一切光环照在主官身上。这既是素质，又是品德。我当过各级参谋，也当过各级参谋长，无论与哪位主官配合，莫不如此。

剑胆琴心

剑魂全在锋里藏，胆气只冲恶敌张。

琴棋书画知兵律，心如止水渡重洋。

自古善战者常怀剑胆琴心，亦对琴棋书画情有所钟。大凡合格的军人，绝不是一介武夫，而是柔中寓刚，刚柔相济。

穿插有真经

自古擒王须断后，包抄堪比念魔咒。

直取中军霸王愁，顺手牵羊嘴边肉。

《战术穿插中的四对矛盾》一文刊于军事科学院一九八五年《军事学术》战术研究，附于书后。

四是歌

依靠人民是党根，造福群众是立本。

胸怀多数是铁律，解放全球是大真。

　　为人民服务是我党我军的根本宗旨，离开人民，一切都失去了前提。是不是依靠人民，是不是造福人民，是不是心里装着大多数，是不是要解放全人类，是衡量真假共产党，真假马克思主义的试金石，也是对"为人民服务"深刻含义的基本解读。如果说"万岁"这个词可用于人类，那么我敢肯定，只有毛泽东喊出的"人民万岁"乃是永恒的宇宙真理！

贺井陉获诗文双冠和忠素兄

豪气干云诗乡赞，腾声飞实文称皇。

燕赵悲歌应去也，秦汉遗风今更强。

　　读忠素兄新作《故乡赞》，知千年古县井陉斩获中国诗词之乡和中国楹联文化县桂冠。赞皇与井陉一衣带水，自然也有余香。感奋之余，以"赞皇也强"和之。

贺景海鹏陈冬获奖

天宫筑梦获殊荣，神舟接力塑英雄。

今赞景陈二人转，明歌百姓舞长空。

　　十二月二十六日，党中央、国务院、中央军委发布命令，授予景海鹏一级航天功勋章，授予陈冬"英雄航天员"称号和三级航天功勋章，国人为之振奋。

鸡年咏鸡

寒冬过后总是春，夜长美梦可销魂。

黑白冷暖何须怨，雄鸡一唱定乾坤。

　　十二属相中，国人多有赞龙者，皆因中华民族是龙的传人。但千百年来，龙离百姓甚远，乃至不乏谈龙色变者，因为那是王者之气概，黎民百姓只有叩首的份儿。而百姓喜欢鸡确是真的。在百姓眼中，龙高贵，鸡则吉祥。尤其是茫茫黑夜，黎明即起，还靠雄鸡报晓呢！

咏石榴

多子晶莹如玉环，花嘴常开似金莲。

栉风沐雨果犹在，不弃残枝色仍颜。

时值隆冬，满园果树多剩残枝败叶，只有石榴树依然枝头沉甸，饱经风霜的果实迎风摇曳，不弃不离，令人遐想沉思！

黄山悟

黄山飞石天外来，可知苍松何人栽。

补天当有回天力，迎客须释贵客怀。

　　黄山飞石及迎客松名闻遐迩，游人常年络绎不绝，几人能解个中滋味？飞石可曾遇险？孤松可否寂寞？以吾观之，唯其险、孤而愈发壮哉！

灰心石

自古华山独径险，百里登高九十还。

功亏灰心一石篑，不及峰巅不胜寒。

　　自古华山一条路。华山灰心石逼退多少游侠骚客。行百里路者半九十，最后一搏识英雄！

鸡年感悟

鸡年谨防黄鼠狼，口蜜腹剑黑心肠。

千虑有隙智者痛，万无一失君子强。

常言道："黄鼠狼给鸡拜年，没安好心，"而鉴别谁是黄鼠狼，着实不易。只有提高警惕，多加小心了！

看周昌新重彩油画有感

圆通画意数昌新，重彩中西冠古今。

莫奈梵高毕加索，三魂合奏慕周琴。

　　周昌新乃重彩油画奠基人，以大眼界大思路大手笔获当代世界重彩油画大师桂冠，其作品主题鲜明，思想深刻，勾魂摄魄，极具冲击力、感染力。友人约我去其工作室看看，果然震撼，故有此句。

《仙湖湾》（周昌新作）

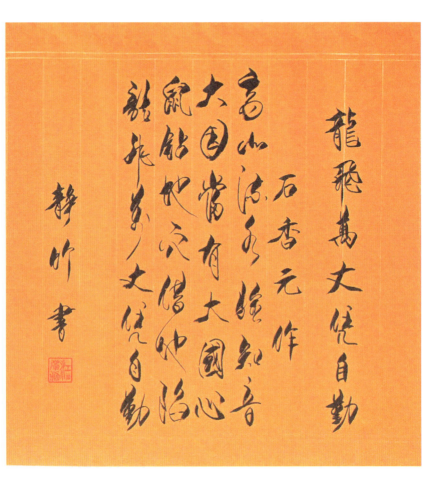

《龙飞万丈凭自勤》（江庆勇书）

龙飞万丈凭自勤

高山流水验知音，大国当有大国心。

鼠钻深穴借地陷，龙飞万丈凭自勤。

G20 杭州峰会闭幕，国内外主流媒体点赞纷纷，但也看到友人转发的几首另类杂诗，尽管引经据典，辞藻华丽，却奴性十足，妄自菲薄，读之令人喷饭。以吾观之，实乃鼠辈也！

分合之悟

一分为二天地清，二合归一经纬明。

阴阳相对生三命，万物残缺寓心灵。

　　一分为二与合二为一是宇宙间普遍的自然现象和相辅相成的内在规律。古人早就揭示了道生一，一生二，二生三，三生万物的深刻道理。万物皆有残缺，或多或少，或大或小，程度不同而已。正视残缺与分合，乃得真理也！

赞商鞅变法

铁面无私为图强，权臣守旧势洪荒。

立信虽遭车裂死，笑慰江河已成洋。

看《大秦帝国》第一部五十一集，感触颇多。商鞅虽遭车裂，但变法已成，旧势力终难复辟也！新事物战胜旧事物是自然规律，正义必胜！

盛世咏春

春节庆节节节高，心浪逐浪浪浪涛。

盛世咏世世世好，意满情满满满姣。

　　春节春游，处处游人如织。看游人阖家团聚，尽兴
情趣，情满意满，满满深情。情不自禁，口占四句以敬
友人。

根在不愁花死

冰上残荷独茎存，败叶枯枝碾作尘。

风吹雪打根犹健，来年依旧满池春。

隆冬散步于荷花池畔，只见坚冰之上，仅有残茎点点，横竖杂陈，昔日繁华景象荡然无存。顽皮幼童三五成群冰面嬉戏，脚下残荷顷刻成泥。见此情景，吾不禁驻足沉思片刻，遥想春暖花开之日，坚信此地必然繁荣依旧。

悼圆明园

英法焚烧圆明园，五牛分尸弱肉餐。

病夫腾飞东方亮，废墟永驻巨人肩。

　　每次到北京，只要时间允许，总不忘再去圆明园那断壁残墙前走走看看，而每逢此时，耳边总会响起国歌的旋律。那一块块残石似乎仍在无声地哭泣！哪怕只是片刻，肩头就更加沉重！

春雪可知情

春雨如油喜万家，雪打青苗愁嫩芽。

江山素裹游人兴，百姓绝收心发麻。

"好雨知时节，当春乃发生。随风潜入夜，润物细无声。"而江南江北一场漫天春雪，则未免喜忧参半。连日来，只见网上咏雪者铺天盖地，可知众多老农正蹲在甘蔗园旁、蚕豆地边，愁容满脸，神情木然。一切以时间地点条件为转移。为人之父母官者，当有辩证思维啊！

赞液态电池

公权有义绳量准，平淡无邪素力纯。

洁净能源新液态，洪发遍地电生魂。

中科院大连化物所孙公权、王素力等一批科研人员敢想敢干，矢志不渝，在清洁能源、液态电池领域独树一帜，拥有广阔的应用前景。秦翔友、陈洪发等热心军民融合志士鼎力相助，奋力推广，有望撑起一片蓝天。

邹城有感

三迁择邻不染尘，断织明理去顽心。

亚圣成名慈母慧，崇高践行桑梓林。

《三字经》云："昔孟母择邻处，子不学断机杼。"邹城乃亚圣孟柯桑梓之地，母爱崇高享誉天下。应贺茂之院长特邀，三月二十一日至二十三日在邹城参加"走进崇高践行基地座谈会"，聆听经验交流，耳濡目染，感慨万千。

雁行歌

时南时北趋暖冬，忽一忽人赛长龙。

幼雏腾飞磨新翅，老雁领军觅旧踪。

恋

孤鸿难忘并头时，双燕常怀离别枝。

巢穴冷暖飞天挂，家国悲欢动地词。

气　节

蓝青四君梅属魁，人生三宝气当尊。

春华秋实无须顾，只为严冬长精神。

　　花有梅兰竹菊四君子，人有精气神三宝。以吾浅见，梅之傲，兰之幽，竹之节，菊之淡，与人相似，皆有精神，而气则人之特有，因无气则无节可言，所谓气质是也！

　　"蓝青"在此泛指植物。

井冈山感怀

立党终须亮钢枪，军魂早铸自南昌。
文韬武略摇篮曲，割据燎原势洪荒。

江西因赣江而简称"赣"，因八一南昌起义和井冈山根据地而闻名国内外。六月一日至四日，应走进崇高研究院贺院长之邀，在南昌和井冈山参加活动，耳濡目染，感受红色文化传承之伟力，心潮澎湃，欣然咏之。

伞　魂

遮风挡雨总及时，无怨开合自由之。

志士有心常相伴，寡情男女任驱离。

　　在井冈山下榻处见到久违的油画《毛主席去安源》，备感亲切！尤其是领袖腋下的那把雨伞，令我久久沉思。世间多风雨，志士岂能不备伞乎？而伞的境遇几人有知？有多少人临机急寻撑过头顶，又有多少人用过后随意丢弃脚下。可知伞有魂也？

杏熟自落感言

一夜西风杏满筐，落地全凭色金黄。

枝头高挂青酸果，可知低眉著冰霜。

院中杏树粗若碗口，高过丈许，枝繁叶茂。仲夏时节，果实累累，渐次成熟。率先熟透者总是不用攀摘，随阵阵微风徐徐落地，甘甜可口。再看那青涩之流，依然枝头高挂，耀武扬威。联想人之一生，何其相似。

赞沙场点兵庆八一

塞北沙场帅点兵，弯弓盘马将先行。

三旗招展枪跟党，九群雄狮卫和平。

　　为庆祝建军九十周年，习主席在朱日和训练基地沙场点兵，党旗国旗军旗迎风招展，象征人民军队永远忠于党，永远听党指挥，永远捍卫国家主权和领土完整，九个联合战斗群全新亮相，威武雄壮，展示人民解放军所向无敌，定能打败一切敢于来犯之敌！

海钱诗好

云南印象多，个个彩云着。

韵律方台钓，一诚妙笔活。

战友杨海钱号"一诚轩主"，任《方台钓韵》电子诗刊主编，格律诗功底深厚。近日将再游七彩云南几首佳作寄我，读后深有感触，草成四句回复。

心灵画美

心花绽放笔如风，色彩萧然意若濛。

万物藏魂灵摄命，一毫点到性全生。

　　看老同学画作，心存浩气，意满笔端，色彩流动，生命鲜活。感慨之余，七绝记之。

步韵和茂之兄

笔下寓乾坤，胸怀四海云。

苍穹揽日月，何虑小奸人。

附贺茂之院长原诗：

　　　心中装乾坤，胸内荡风云。

　　　食指点日月，天下有几人。

白帝城有感

托孤白帝有遗篇，善恶为之辨佞奸。

默契君臣千古范，承传继志莫空前。

登奉节白帝城看托孤堂，不尽长江自夔门滚滚东去。历史是一面镜子，"莫以恶小而为之，莫以善小而不为"，刘备托孤之语警醒多少世人！诸葛亮忠肝义胆，鞠躬尽瘁，死而后已，堪称典范。如今习主席强调不忘初心，牢记传统，共产主义事业代代相传，岂能不及古人？

东湖感怀

东湖碧水夜披纱，暗渡龟蛇鱼混杂。

勿用潜龙池更浅，寒冬此处看梅花。

武汉东湖曾是全国最大城中湖，毛泽东生前 48 次下榻东湖宾馆，畅游长江并作《水调歌头·游泳》。东湖梅花乃全国之最，有梅花研究院和屈原纪念馆位于此。龟蛇二山对锁长江。

游黄鹤楼

鹤去名楼在，诗词链古今。

龟蛇常锁处，悠然亮童吟。

崔颢悲"黄鹤一去不复返"，李白叹"唯见长江天际流"。历史长河源远流长，无穷无尽。君不见黄鹤楼前童声高唱进行曲，吾当自信一代更比一代强！

葵花与人心

葵花向日百蝶飞，人心爱党万众随。

光照千秋暖暖意，党为人民代代晖。

外出散步，偶见千亩葵花朝阳怒放，引来无数蝴蝶上下翻飞，联想到时下虽然有不少人丧失理想信念，党心不党，但无数真正的共产党人仍如葵花向日，义无反顾。增强核心意识，向党看齐，乃时代强音。

退而无怨

当年万里赴边关，矢志染江山。不思饕餮盛宴，丹心献赤胆。

灭凶寇，斗天灾，联军演。力佐四杰，伯乐无语，苍天有眼。

从戎四十五年，先到滇边，继入川渝，再到东北，数战疆场，屡任抢险救灾和中外联演总指挥总导演，担任大区副职九年，先后辅佐常张王李四位司令，分管作战、训练、管理、后勤等，恪尽职守。党的十八大前遭权奸排除异己而止步，虽有伯乐，但碍于政治生态污染，无力回天。好在官兵心明眼亮，人心似秤，习主席力挽狂澜，拨乱反正，恰如苍天明鉴，退而无怨，终有善报也！

圣贤不寂寞

圣贤未必真寂寞，内眼开慧自成佛，凡心当去一点多。

几人算尽关关险，千虑智穷卿卿我，英雄当拒美人惑。

常言道："自古圣贤多寂寞。"我猜此言之本意，并非圣贤之本意也！大凡圣贤者，手中有真理，眼中明是非，必能无怨无惑，即便和者概寡，断无寂寞之理。许多自命不凡者翻身落马，其中不乏满腹经纶，常以得圣贤之道自诩者，及至身陷囹圄，方知机关未能算尽，小聪明反被大糊涂所误，悔之晚矣！如此可知，非圣贤度圣贤之心，安能不可笑耳！

天府怀真

巴山蜀水，绕天盆，万千奇峰迭出。三苏文魁，四帅星，冠盖中华宝府。武将安邦，儒臣定国，从来先治蜀。少不入川，苦煞多少父母。

曾经九六受命，大佛脚下悟，纯真致福。郭兰张君，好搭档，赛过廉颇相如。同仇敌忾，上下一条心，猎狼伏虎。人生如酒，老在四川窖古。

余一九九六年入川任职，先后与郭正新、兰体堂、张建华三同志搭档，情同手足，共创骄人佳绩。如今重回天府安家，颐养天年，旧友新朋皆以真心相对，其乐融融，故有怀真之句也！

泰山抒怀

义愤填膺，登高处，凛凛风寒。览众山，俯首低吟，心浪淘天。五十知命辨神鬼，六旬耳顺重情缘。老来俏，再发少年狂，豪气满。

豺狼刁，恶虎顽，百姓盼，灭贪官。张巨网，打造权柄笼关。浓墨重彩强军梦，淡定自若烹小鲜。献赤胆，腾飞中华龙，举国欢！

重登泰山，极目远望，一览众山小，遥想当年，岳飞遭权奸陷害作《满江红》，鞭辟入里、振聋发聩。如今以习主席为核心的党中央强力反腐，惩治贪官污吏，举国欢腾！

悼峻崎

晨起噩耗闻，峻崎乘鹤去。同是天涯报国臣，从此成孤旅。

孤旅心不孤，独领风和雨。待到百年黄泉会，再赏南湖菊。

清晨廷宇短信告知，战友高峻崎不幸心脏病突发去世，并附悼诗一首。遥想当年同为司令部参谋，共赴疆场，戍边卫国。如今斯人已去，好不伤感！急急草成《卜算子》，未及细推平仄，权作悼念之意吧，悲哉悲哉！

咏　猴

金猴不安分，官封弼马温。识破玄机闹天宫，只为满园春。

漫漫西天路，处处有老孙。若无火眼金睛在，真经何处存？

猴年至，喜迎春。遥想当年毛主席曾谈及虎气与猴气，振聋发聩。以吾浅见，虎气自然是为王之气，王者必然图存。而猴气者，亦绝非尽是嬉戏之气也！美猴王助唐僧西天取经，历尽千辛万苦，屡遭误会，心胸坦荡，百折不挠，终于取得真经。如今复兴之路虽然前景广阔，但也绝非一帆风顺。因此，凡我有志中华儿女，无论男女老幼，皆应学一学孙猴子的专职精神，虎气不足者，即便添点儿猴气，又有何妨！点点感悟，权作新春寄语吧！

冬　韵

冬韵寒流松梅赞，山河岂敢怠慢，风霜雪雨更耐看。青乃黛中魁，红是粉中冠。

环球昼夜轮流转，苍生何须苦短，日月星辰更悠闲。龙腾虎跃至，雄鸡报晓天。

一曲《红梅赞》唱遍大江南北，松梅精神乃中华民族之风骨，万古不灭。

春　晓

春江水暖鸟争唱，乌龟缩头不语。躲进小楼梦奇旅。天翻寄旱洞，地覆宿蜗居。

独领风骚断头上，丹心随党留取。冲锋陷阵永戒虚。海枯血浆补，石烂肉身举。

　　乌龟虽然长寿，但也常缩头，若无担当精神，长寿何用?!

翔远心曲

梦　赞

中国风光，千景魂牵，万里梦邀。览北南两水，横流分野；西东五岳，峙立云霄。海纳苍龙，浪掀鬼斧，欲请神工论杰豪。如初醒，看虎蝇俱灭，匠意崇超。

图标如此妖娆，引广大黎民俯首瞧。羡鱼虫花鸟，跃然宣尺；金戈铁马，灵动油刀。当代师雕，笔锋力巧。辗转随心技法高。从头越，数图强人物，赞习怀毛。

毛主席一首《沁园春·雪》乃千古绝唱。如今习主席顺应时代潮流，统筹国际国内两个大局，提出伟大复兴的中国梦，国人皆喜，民心皆振，世人瞩目。

《梦赞》（周昌新书）

《梦上井冈山》（李建刚作）

梦上井冈山

自幼听党话，久仰井冈山。如今红床圆梦，酣睡笑声甜。四方宾客纷至，更有朗朗歌声，毛论入心间。看过黄洋界，险峰走泥丸。

笔架立，杜鹃青，五井甘。八十九年历程，曲直不平凡。再上九天揽月，再下五洋捉鳖，凯歌莫轻弹。红旗若落地，人民再翻天。

自幼仰慕井冈山，却一直没有机会上井冈山。近日茂之兄说南昌有个活动，其间还要去井冈山，问我能否参加，真是喜不自胜，人还未去，梦已先成。走红军路、吃红军饭、睡红军床，在革命摇篮体悟革命初心，不禁心潮澎湃！从星星之火可以燎原，到有人怀疑红旗到底能打多久，从红色政权扎根中华大地，到红旗是否还可能落地。从长征到新的长征！虽是梦中说梦，但绝非痴人说梦！有以习主席为核心的党中央英明领导，一定能梦想成真！

丙申年巳亥月壬寅日梦醒急就，遥看东方，已是晨曦初露。

元宵月下思

昔昔成玦本自然，一夕轮圆众仰天。苦尽才知万福贵，甜来方觉百苦难。

云遮月，雪灯残。谁怜苍茫五更寒。嫦娥暮暮深宫怨，旭日朝朝彩虹悬。

元宵赏月古已有之，阴晴圆缺自有鸿论。以吾浅见，无论喜圆不喜缺还是见圆不见缺者皆属片面，只有智者慧者方能圆缺不失初心，即使面对茫茫黑夜，一如彩虹高挂，信心满满！

路的遐思

有位哲人说，世界上本来没有路，走的人多了，于是就有了路。

我在想，有了路，路多了，又常常迷路。

路是方向，路是目标，路是归宿。

走对了路，坦然、激动、满足！

走错了路，沮丧、消沉、无助！

是人，就得走路，因为离开了路，脚下更辛苦！

是人，就得开路，因为没有路，后面的人更容易误入歧途！

没有路的时候，期望有路。

有了路的时候，常常有人抱怨难走的路。

路，在脚下延伸，永远没有尽头！

脚下无路不可怕！心中有光明就有路！

若心中无路，那就是真正的黑夜，真正的绝路！

为了走进崇高的心路，勇敢的拓荒者不会止步！

泉的畅想

泉是白水。白得透明、晶莹、干净。

泉是从地缝中渗出的琼浆。滴下来的是珍珠，溅起来的是甘露，泼下来的是瀑布。

泉，静谧的时候是源头，好比初生婴儿那微微睁开的眼睛，闪烁着纯真和好奇。

泉，灵动的一刻是哗哗的溪流，犹如顽皮的幼童，四处寻找那形形色色的迷宫。

泉，激动的形态已经汇成滔滔的江河，逢山成深峡，遇峭挂千帆，直至无边无际的海洋。

这就是泉的个性，来得悄无声息！

这就是泉的任性，走得荡气回肠！

风的呼唤

我是空气的流动。

稍动，是微风。

小动，是和风。

大动，是大风。

躁动，是狂风。

不理智的动，是飓风、台风、龙卷风。

春天，我吹暖风。

夏天，我吹热风。

秋天，我吹凉风。

冬天，我任意吹风！

有雨的时候，我使雨洒得更加均匀。

有霜的时候，我使霜更加艳丽。

有雪的时候，我使雪更加浪漫。

雾浓的时候，那是我正在熟睡。

霾厚的时候，那是我还没有睡醒。

我能卷起尘烟，使天空暗淡。

我能驱散阴云，使天空湛蓝。

我最讨厌耳边用我，用温柔把烈汉吹醉！

我最喜欢雷电用我，用刚劲把雾霾吹散！

我就是我，逢正气乾坤朗朗！

我还是我，遇邪气江山昏暗！

祝贺光柱公益品牌启动仪式

光芒万丈耀乾坤，柱立千钧质地纯。

公益品牌启动日，扶贫大业铸军魂。

　　史光柱同志虽然为保卫祖国失去了眼睛，但他的眼光没有消失。光柱公益品牌就是极具超人眼力的公益事业。得知光柱公益品牌启动仪式九月十九日在昆明举行，喜不自胜，特赋七绝一首以示祝贺！

赞扣斌战友

壮志披坚战老山，童心解甲育英贤。

文韬武略囊中剑，不为虚名自坦然。

　　赵扣斌同志系吾战友又是同乡。首战老山时为炮团团长，战功卓著。在正团职岗位上转业到学校工作，退休后，不忘初心，继续发挥余热，战友们纷纷为其点赞。

游动物园有感

虎豹嚣嚣百兽王，羔羊懦懦怨无方。

匹夫悍悍彰蛮力，至圣昭昭破大荒。

多年未去动物园了，偶有闲暇，忽然想去看看。在虎豹猛兽园驻足良久，不禁联想到弱肉强食的根由来。我中华民族百年屈辱，皆因消磨了刚柔相济的传统个性，哪里是睡着的狮子？分明已经成为懦弱的羔羊！及至中华人民共和国成立，有了中国共产党和毛主席的领导，才使民族个性重新回归。如今，在以习近平总书记为核心的党中央领导下，全党全军全国人民不忘初心，万众一心，革故鼎新，继续前进，为实现两个百年的伟大复兴目标而奋斗！让那些挖空心思唱衰中国的人们在失望和恐惧中永远悲哀吧！

有感于贺兄《中秋节乌云遮月》诗

乌云闭月月该圆，父母心房游子牵。

望断肝肠情胜海，飞鸿一过笑开颜。

茂之兄作中秋诗言及乌云遮月，但丝毫未影响其在家乡与老母欢聚一堂，其中有"乌云遮月月未缺，暴雨灭灯灯更艳"之句，充满革命豪情和浪漫主义。

喜迎党的十九大召开

国庆中秋盛会连，嫦娥广袖月宫欢。

丁酉号角雄鸡唱，折桂环球大梦圆。

二零一七年十月一日国庆节，十月四日中秋节，十月十八日党的十九大召开，两节一会喜事连连，举国欢庆，复兴大业前景广阔，喜不自胜，欣然咏之。

只待烽烟战马奔

盛世英豪气自沉，挑灯看剑醉藏真。

闲庭信步弯弓劲，只待烽烟战马奔。

　　党的十九大开幕举国欢腾，盛况空前。习主席报告响起四十余次雷鸣般的掌声，世人瞩目。中国特色社会主义进入新时代，国内外敌对势力绝不会甘心中国梦的顺利实现，作为职业军人，无论退与未退，均应时刻听从党的召唤！

时代强音

小康决胜新时代，大梦初圆又一程。

再跨虹桥飞两步，潮头鼎立御东风。

　　党的十九大庄重宣告中国特色社会主义跨入新时代。以习近平总书记为核心的新一届领导集体，将引领中华民族接过历史发展的接力棒，认真贯彻新党章确立的新思想，沿着以人民为中心的复兴之路再跨两大步，实现两个百年的伟大梦想。

无题赠友人

又是长风破浪时，忠肝义胆遇良机。

雄狮梦醒乾坤朗，紫电霜飞利剑持。

大厦弥坚千柱立，苍天克漏一石期。

江山永固文魁靠，社稷中兴虎将依。

"紫电青霜"系古代名剑，出自唐代王勃的《滕王阁序》。

再领风骚数百年

旧址寻根大誓宣，嘉兴又祭小红船。

一如既往初心现，久久为功美梦圆。

站立须凭腰杆硬，超强更待力空前。

中兴伟业千秋劲，再领风骚数百年。

党的十九大刚刚闭幕，习近平总书记带领新一届中央政治局常委专程到上海党的一大旧址和嘉兴红船停泊地，庄严宣誓，衷心切切，信心满满，令人振奋！

附录一：朋友和诗五首

贺君重回西南

冀廷宇

闻君辗转回西南，峰回路转亦坦然。

使命东北震欧亚，携手中俄敌胆寒。

严冬方显苍松劲，坎坷更知行路难。

平民将军功名在，静观长江去不还。

草吟拙句贺君荣回故地

张忠素

老骥伏枥跨雕鞍，剑气书香写边关。

壮志经略纪东北，豪情回马续西南。

湘曲长弹征程远，大风高唱壮士还。

人间永是沧桑道，笑谈渴饮心畅酣。

盛京送别

邹小平

名将筹边七载艰，督军备战练兵欢。

白山黑水留身影，李广难封万古传。

赤子一心

谭宏伟

悲智人生大道宽，真假善恶天地观。

赤子一心苍生意，因果一念古今参。

和香元咏猴词

李殿仁

生性不信邪，但求共暖温。任尔龙庭与天宫，进出如赏春。
风雨沧桑路，忠诚看老孙。大义担当棒千钧，岂容妖孽存。

　　虎气为主是讲原则性，猴气兼有是指灵活性，是谓
人心似猴常有变化。

附录二：短文四篇

1. 老实人吃了亏怎么办？

现实生活中，老实人吃亏的现象往往难以避免。因为老实人不争不抢，风格高、品质好的特点注定了其吃亏的几率偏高，是容易吃亏的对象。而人们也正是从吃亏中辨识老实人的，凡是能戴上老实人帽子的，肯定是不止一次吃过亏。值得警觉的是，如果让老实人一再吃亏，亏得让群众看不过眼，甚至在一定范围内都寒了心，这就不可等闲视之，必须做点什么了。也正因此，"不让老实人吃亏，不让投机钻营者得利"被写进了十八大报告。

党史上早就有不让老实人吃亏的传统。张思德是我们熟悉的英雄模范，在平凡中默默奉献，是名副其实的老实人。为了纪念他"重于泰山"的不幸牺牲，毛泽东同志不仅亲自参加了他的追悼会，还发表了著名的文章《为人民服务》，不计得失的张思德由此成为全党同志永远学习的榜样。当代雷锋传人郭明义，也是乐于助人不计报酬的老实人，他最终被评为感动中国人物和道德模范，成了举国上下家喻户晓的"当代雷锋"。可见，那些甘于奉献、勇于吃亏的老实人是不会被忘记的，只要看清了、认准了，就会给予公认和褒奖。

然而，及时发现和找到不怕吃亏的老实人，也不是件容易事。由于老实人普遍具有厚德的共性，做事扎实，不事张扬，推功揽过，甘于吃亏往往是他们的品行风格，吃了亏常常"不足为外人道也"，致使知悉的范围相对较小。另一方面，能让老实人吃亏的投机钻营者，其手段也越来越具有欺骗性，尽管领导常常会有所察觉，却很难短时间内看出端倪。如何不让老实人吃亏？首先各级领导要善于发现和辨别老实人，在平凡中看到不平凡，透过台前的光环发现幕后的英雄，把深藏在"泥沙"中的金子挖掘出来，找到那些默默奉献的老实人，让他们得到应有的重视和对待，真正走出吃亏的现状，由吃亏变为吃香。

通常情况下，吃了亏的老实人，只要被发现，大多能被还以公道。然而，"最难改变的失误是用人"，在干部任用上吃了亏的老实人，若想改变吃亏的现实，或者说要从吃亏中得到纠正，往往不易。"不让老实人吃亏"往往只是作为要求，讲在提拔任用干部之前，一旦结果出来，面对吃亏的老实人，却不易有解决问题的举措。人们对吃大亏者，往往扼腕叹息却爱莫能助。这种用人倾向，最影响群众情绪和心态，有时甚至会造成一定范围内价值取向的摇摆。从这个意义上说，不让老实人吃亏已经不仅仅是一个是非公道的问题，而是直接关系到党的事业的发展和社会风气的净化。

从历史经验看，面对老实人吃大亏的问题，最见效、最直接的办法就是坚决予以纠正。但现实中人们见得多的还是"下不为例"、"从今后严起"，而有些事之所以亏了就亏了，说到底就是"老实人吃亏"的背后往往是"投机钻营者得利"。因此，在叫停和纠正让老实人吃亏的同时，还应搞清楚到底是哪些人给投机钻营者亮了"绿灯"，对那些让投机钻营者得利和让老实人吃亏的责任者，坚决予以追责。同时，还要及时发现吃了大亏的老实人，敢于打破各种条框束缚，还老实人以公道。只有这样，老实人才能层出不穷，社会环境和风气才能不断得到升华和净化。

载于《人民日报》2013 年 4 月 2 日"人民论坛"

2. 勇敢地拿起解决问题的"手术刀"

"调查就像'十月怀胎'，解决问题就像'一朝分娩'。"80多年前，毛泽东同志用这样一句话来阐明调查研究与解决问题之间的关系：没有深入细致的调研，就没有科学合理的决策，就不能顺利解决问题。简短的十几个字，准确贴切而又形象生动。正因为如此，"调研在先、决策在后"成为我们党以及很多组织机构进行决策和解决问题时坚持的一个基本原则。然而，近年来现实生活中出现了一种"只怀胎、不分娩"的现象——久研不决、决而不行，致使一些问题得不到及时有效解决以至积重难返、引发事端，影响改革发展稳定的大局。对于这种现象，需要引起重视并加以纠正。

就生命而言，从孕育到分娩本是一个自然的过程，有孕育就有分娩，就像水到渠成、瓜熟蒂落一样。当然，受多种因素影响，难产的情况也是难以完全避免的。出现这种情况怎么办？一般需要医生来提供帮助。而能不能妥善处置，直接考验医生的能力和水平。如果医生不负责任，畏首畏尾不作为；或者避重就轻，不得要领乱作为，把重点放到研究方案、进行论证上，是必定要误事的。只有在精心准备的基础上，果断地拿起手术刀，科学地进行手术，才能让新生命在艰难中"迎刃而生"。解决实际工作中的难题也是一样：当一些问题长期积累、已经成为制约发展的瓶颈时，当一些矛盾愈演愈烈、已经出现激化之势时，当一些问题通过调查研究、已经具备解决条件时，只有果断抉择，勇敢地拿起"手术刀"，才能使之"迎刃而解"。

不可否认，任何难题都比较复杂，解决起来很不容易，需要做好充分的调查研究，搞清问题形成的根源和性质。但一旦条件成熟，就不能等待、观望和犹豫，而应当大胆决策、果断行事。因为不采取行动，难题就永远得不到解决。有些时候，面对难题之所以等待、观望和犹豫，陷入"从要求到要求、从口号到口号、从论证到论证"的怪圈，并不是没有调研和论证、情况尚未搞清楚，而是缺乏一个能够果断拿起"手术刀"的高明"医生"。殊不知，就像生命诞生有其合适时机一样，问题的解决也是有最佳时机的。一旦错过了最佳时机，难题就可能变得更加复杂和难以解决，不仅浪费资源、延误发展，而且可能带来严重后果。

面对"难产"危情，有的人为什么要犹豫？有的领导者为何不敢作为？其原因概括起来有三个方面：一是缺乏胆魄。不愿负责任，不想担风险，害怕一旦决策之后问题解决得不好，会给自己的形象和前途带来不利影响。二是缺乏能力。主观上有帮助"新生命"诞生的愿望，但对"难产"缺少有效的应对办法，结果在一拖二等中错失良机。三是私心作祟。更多地考虑自身利益而不是工作大局，不愿意改变现状，并不真心欢迎"新生命"的到来，进而用各种借口和理由搪塞拖延。因此，面对难题，要做到勇敢地拿起"手术刀"，就必须提高思想认识，切实解决好立场问题。只有摒弃私心杂念，一切从实现好、维护好、发展好最广大人民的根本利益出发，才能放下包袱，大胆决策、果断行事。

一个实际行动，胜过一打纲领。应当看到，当前我国正处于改革发展的关键阶段，各种矛盾和问题明显增多，特别是一些深层矛盾、两难问题不断凸显。面对这些矛盾和问题，我们应跳出个人和局部利益的束缚，真正从人民利益出发、从维护大局出发，在搞好调查研究的基础上勇敢地拿起"手术刀"去解决它。只有这样，才能扫除障碍、破解难题，更好地推动科学发展、促进社会和谐。

载于《人民日报》2011 年 2 月 25 日"思想纵横"

3.战术穿插中的四对矛盾

广泛实施战术穿插，断敌退路，先围而后歼，是热带山岳丛林地歼灭敌人的基本战术手段。由于热带山岳丛林地自然地理特殊，因而穿插中的情况处置显得更加复杂。

"嘴边肉"，吃不吃？

所谓"嘴边肉"是指穿插分队在穿插途中发现了非常有利的战机，如遇敌指挥机关、炮兵阵地、戒备松懈的集团目标等，通常属于好打之敌。打不打呢？打吧，怕影响按时穿插，不打吧，看着到嘴边的肉又眼馋，往往使指挥员徘徊不定。一般来说，由于穿插分队的主要任务是按时到达指定地点，实现对一定战术地幅内敌人的分割包围，因此，不贪小利，不恋战固然是对的。但是，这并不意味着完全放弃打的手段。根据对越自卫还击战的经验教训，对此情况的处置似可归纳为"三打""三不打"。即：可按时完成穿插任务则打，可致敌要害则打（指挥机关、炮兵阵地），可出奇制胜则打。距穿插终点太远不打，因为打则可能过早暴露我穿插企图；达不成速决不打，因为打了之后不能迅速摆脱，反被敌人粘住；有伤元气不打，因为战术穿插兵力一般不大，且属轻装，火力较弱，无论人员伤亡，还是弹药消耗，都将直接影响穿插分队的战斗力。

总之，打与不打，要从全局着眼。对我整个战斗的全局有利，就应当坚决地打；对我战役或者战斗的全局有害，就应当坚决放弃。而对全局有利还是有害，最重要的是看穿插任务是否能够完成。此时，任何犹豫不决或冒然行动，都将产生不利后果。如一九七九年对越自卫还击作战中，我某团一营奉命穿插，途中发现敌122毫米榴炮连阵地，距我先头二连约700米。当时，敌尚未发现我穿插分队，人员正处于集结状态。指挥员认为是块"肥肉"，机会难得，曾产生打的念头，但又考虑到战前各级首长反复强调"无论出现什么情况，决不与敌纠缠"，即令一部分兵力掩护，主力迅速通过。以致该敌发现我进攻企图时，对我正面进攻的部队和友邻穿插分队实施火力压制和封锁，给我以很大杀伤。由于炮兵四处游动，我难以捕捉目标，直至五天后，上级炮兵才将敌此炮兵连歼灭。事后看，当时可采取两种方法处置：一是以一部兵力监视敌人，并迅速将敌炮兵阵地坐标报告指挥所，请求上级炮兵将其摧毁，主力继续穿插；二是以一部兵力突然袭击，一举将其歼灭，并将敌炮摧毁，主力继续穿插。这样，既不影响我穿插分队按时到位，又可消除隐患。

"碰钉子"，退不退？

战术穿插中随时可能碰到各种"钉子"，如遭敌袭击、阻击、伏击等。这些"钉子"大致可分为三类：一是能迅速拔掉的"小钉子"，如遇敌小股袭扰，一般不需要展开更多兵力即可通过；二是能绕过的"软钉子"，如遇敌阻击（兵力不大）、炮火封锁或人工障碍等；三是拔不掉也绕不过的"硬钉子"，如遭敌重兵拦阻、中敌伏击等。尤其是遭敌伏击后，一般伤亡较大，伤员、烈士、武器装备无法携带，无力继续穿插。此时，是进还是退？进，力不从心；退，损失更大。一九七九年对越自卫还击作战，某团二营在穿插中遭敌炮火袭击，伤亡较大。指挥员即认为无力继续穿插，赶忙组织撤退，不但穿插任务未完成，且遗弃伤员、烈士和不少武器装备。因此，在碰到拔不掉也绕不过的"硬钉子"的情况下，不能后退，应迅速收拢部队，抢占附近有利地形，形成环形防御，坚决抗击敌人。此时，尽管穿插已经失利，但因我穿插分队已经楔入敌防御浅近纵深，在敌人的心中钉上一颗钉子，对敌必然造成沉重的心理负担。只要我善于利用热带山岳丛林地便于隐蔽，易守难攻的地形条件，及时呼吁上级炮火支援，以积极手段打击敌人，即使未能完成穿插任务，也能给正面部队以有力的支援。

"站不稳"，动不动？

当我穿插分队达到穿插终点，形成对内对外防御正面时，可能遇见敌四面包围，内外夹攻，陷入极为险恶的境地。此时，是顽强抗击，人与阵地共存亡，还是主动转移，保存自己？作为穿插分队指挥员要从危难中看到胜利的希望，我穿插分队是插到敌心脏的一把尖刀，当我穿插分队所受"压力"最大之时，其实也是我正面攻击分队攻势正猛，发展正快之时。胜利来自再坚持一下的努力之中。因此，必须咬紧牙关，坚决挺住，宁可牺牲局部，也要保证全局的胜利。如果只考虑穿插分队的安危，在战斗最关键的时刻转移，就可能功亏一篑。一九七九年对越自卫还击作战中，某部八连奉命穿插至某高地断敌退路，由于受敌炮火袭击，高地为石山，不便构筑工事坚守，连长、政指以"对战士生命负责"为由，擅自带领全连转移，致使三百余敌逃窜。

当然，如果在穿插终点附近有比上级指定地点更好的地形，既有利于穿插分队站稳脚跟，又不影响断敌退路，阻敌增援，则应毫不犹豫地进行部署调整，但这必须征得上级的同意。

"出意外"，变不变？

在热带山岳丛林地遂行穿插任务，无论事先准备得再周密，其间也可能遇到各种意想不到的情况。如中途发现路不通；到位后发现上级指定地点构不成要点，卡不住道路；敌情发生了重大变化等。由于此类情况较突然，加之有时通信联络中断，无法及时向上级报告情况并得到上级的指示，处置更为复杂。"要想不断地战胜意外事件，必须具有两种特性：一是在这种茫茫的黑暗中仍能发出内在的微光以照亮真理的智力；二是敢于跟随这种微光前进的勇气"（克劳塞维茨语）。穿插分队指挥员在意外情况下要镇定果断，因地形、敌情制宜，随机应变。例如，当穿插道路不通时，可迅速组织现地侦查，及时判明情况，选择新的行进路线。无论遇到人工障碍（大面积雷场、染毒地段），还是遇到天然障碍（陡壁、断崖、密林），首先要科学计算克服障碍所需时间，在时间允许的情况下，决定是排除障碍，攀登陡壁、断崖，穿林，还是绕路前进。千万不能以不改变上级指定的穿插路线为由，而在障碍面前耗费时间。当到达穿插终点，发现原指定地点不能卡口断路时，应大胆改变原计划，在不远离上级指定地点的附近选择有利地形，形成对内对外正面。切忌因怕负责任，在原地犹豫徘徊，贻误战机。

载于军事科学院 1985 年《军事学术》战术研究

4. 当好副职的"三三"原则

对于一个班子来说，正职的地位和作用是至关重要的，我们都深知"火车跑得快，全靠车头带"、"队伍行不行，就看前两名"的道理。但班子其他成员尤其是担任副职的同志，却不能因为职务前面有个"副"字，就看轻了自己的分量，更不能因为上有正职、下有机关，就忽视和低估了自己的责任。在一个单位，副职的数量常常是正职的几倍，副职领导能否凝神聚力、积极作为，党委班子尤其是正职能否最大限度地发挥好各位副职的作用，对于单位的科学发展至关重要。可以说，如果把正职看做一个机组的总发动机和动力源，那么副职则是负责不同方向的分发动机和动力源，哪怕副职有丝毫的懈怠和迟缓，都可能造成整个机组的运转失常甚至彻底瘫痪。因此，副职领导必须充分认清自己的神圣责任和关键作用，以积极进取的精神和高度负责的态度，履行好应有的职责和义务。概而言之，就是要把握好"三三"原则。

一、强化三个意识

副职领导只有时刻拧紧思想上的"责任弦",才能充分发挥好应有的作用,重点要强化三个意识。

一是在体现正职意志上要强化前锋意识。副职领导虽然不是掌"帅印"、发"帅令"者,却往往是军中领"帅令"、行"帅令"的第一人。我们强调副职在体现正职意志上要有前锋意识,就是指副职要不断强化在思想上领先、在行动上领先、在落实上领先的意识,在思想深处培养和锻造好"排队靠后,站位超前"的思维习惯,把行动和能力体现在工作的方方面面。在思想领先上,副职要登高望远、思维超前,善于站在政治制高点和理论前沿上思考和把握问题,能为正职决策及时拿出高水平、高质量的"金建议",确保班子决策的准确和高效。在行动领先上,要能闻令则动、迅速快捷,在执行正职决策和领会正职意图中有很强的引领力和表率力,为正职决心的实现确立鲜明导向。在落实领先上,则要用真心、使实劲,在围绕班子决策抓落实的具体工作中,态度坚决、措施实在,对存在的问题和不落实的现象,要敢于说狠话、真"叫板",切实成为在抓落实过程中举旗开路、破障前行的第一人。

二是在提高工作效益上要强化协调意识。协调，是一个单位工作顺畅高效的基础，也是全面发展的重要保障。只有战时协同、平时协调，才能步调一致、取得胜利。就副职领导分管的工作和领域来看，在某一方面或者几个方面的工作中，副职具有相对独立的领导权，承担着分管范围内的主要决策责任。我们强调要在提高工作效益上强化协调意识，就是倡导副职领导要注意加强与各层面、各方向的协调。对上，要善于着眼正职意图和思路想问题、抓工作，该请示的请示，该沟通的沟通，确保工作主动性、积极性在班子决策框架内有序运行，确保工作节奏与正职意志的协调一致；对下，要加强与机关和部门之间的沟通交流，让部门和部属领会意图、心中有数，切实做到上下同心、齐心协力；对横向的同级领导，要注重沟通与交流，使副职领导与副职领导之间、分管工作与分管工作之间相互照应、彼此协调，最大限度地提高工作运转的质量和效益，推动单位整体建设水平在协调有序中不断提升。

三是在抓分管工作中要强化全局意识。副职领导无论分管哪方面的工作，无论"摊子"或大或小，都只是整体工作中的一部分，越是集中精力抓分管工作，越要注意强化全局意识，越要提高着眼全局抓工作的能力。所谓"不谋全局者，不足以谋一域"，由于副职领导多数时间专心抓分管，围绕专项工作调研多、思考多，对全局和面上的情况缺乏全面具体的了解。因此，副职领导必须强化全局意识，着眼全局思考筹划工作，把分管的工作纳入全局工作之中，总览全局想局部，立足局部看全局，确保分管工作在全局工作中的准确定位，确保各项工作和建设的科学有序发展。

二、谨防三种误区

副职领导作为正职的助手，在工作中既有协助、配合和支持正职的义务，更有出主意、提建议、当参谋的职责。副职领导在履职尽责中，应结合班子成员实际，谨防进入三种误区。

一是别把顾虑重重当成作风谨慎。此种类型的副职往往在工作中表现得很低调，凡事"稳"字为先，能不说的坚决不说，能少讲的绝不多讲，对有效发挥副职作用心存疑虑，担心说多了、干多了抢了正职的风头，于是该说的话轻易不说，该出的主意轻易不出，抓工作、做事情时刻注重拿捏"分寸"和"尺度"，这种宁肯缺位、空位也不到位的现象，看似处事低调、行事谨慎，实则是顾虑重重、好人主义。

二是别把超权越位当成工作泼辣。这种情况多数发生在工作热情高、干劲足的副职领导身上，此类副职常常是抓工作有魄力、干事业有激情，凡事风风火火、敢作敢为，对自己的思路和想法很自信、很执著，抓工作总是想体现自己的意图，却很少顾及正职和上级的意图，下决心、作决策有时凭心情、靠感觉，这种看似工作大胆、作风泼辣的现象，实则是以我为主、超权越位。

三是别把过分挑剔当成把关严格。这种情况往往发生在有极端理想主义倾向的副职领导身上，此类副职凡事追求绝对完美，常常会觉得正职的意图和想法不够理想，机关的筹划和部署标准还不高、想得还不细，大凡上级形成了方案一，就总觉得还应该再搞个方案二，总是心存疑虑和遗憾，常常把上下和左右搞得很为难，这种现象看似讲原则、把关严，实则是追求极端的理想化，做人做事太刻板、太挑剔。

三、处理好三个关系

副职领导在工作实践中，尽管各自所处的环境和氛围有所不同，但从共性来讲，总体上需要把握和处理好以下三个关系。

一是个性与党性的关系。个性是每个人与生俱来的特有天性，承之无形，改之不易。古人讲："江山易改，本性难移。"

说的就是人的脾气性格与人浑然一体的道理。有的副职领导可能生来便性格内向、处事低调，说话讲求语气温和与深浅适度；有的副职则性格耿直、坦率粗犷，敢说敢讲、知无不言，甚至不怕言辞"过头"。在日常工作中，一方面，性格内向的副职领导要善于用党性原则要求自己，处理好党内职务与行政身份的关系，不因行政上是副职，就看轻自己党内意见的分量，该说则说，当讲则讲，切实发挥好自己作为党员应有的作用。另一方面，性格耿直、坦率粗犷的副职领导也要注意用党性原则来规范自己，把握好讲话的方式和分寸，切实把好话说好，既充分表达好自己的意见和建议，也要注意不过于固执和偏激。当前，普遍存在的倾向不是坦率粗犷过头，而是性格过于内向，过于谨小慎微，甚至该说也不说。虽然，有的副职领导生来就是"直筒子"，但在过去工作中"放过炮""吃过亏"后，就"一朝被蛇咬，十年怕井绳"了，信奉"祸从口出"和"少说为佳"，在党内生活中顾虑重重，没有担负起一名党员领导干部应有的责任。其实，这种把个性当做缺点有意加以控制和克服的现象是消极的，也是对自己极不负责任的。从辩证的角度看，人的优点和缺点从来都是密切相连、交错相融的，如果说一个人具有说过头话、固执偏激的缺点，那么此人首先也一定具备性格耿直、坦率粗犷的优长。因此，不能盲目草率地就把性格耿直、坦率粗犷作为自己的缺点来全盘否定，只要用党性原则对个性加以约束和规范，就会使个性在耿直和坦率范畴内发挥作用，为推动和加强党的建设积极建言献策。

二是越位与到位的关系。越位是赛场上的一种犯规行为，说到底就是超越岗位和职责范围，干了不该自己干的事。我们不得不承认，在实际工作中，确有副职领导存在超权越位的问题，副职越权干了正职或其他副职的事，给工作运转带来诸多难题和麻烦。但当前，副职领导中超权越位的现象并不多见，在各级存在更普遍、更迫切需要关注的是副职领导工作的不尽责、不到位问题。现在，有的副职领导干工作左右躲闪、留有余地，面对问题和矛盾只想回避，不愿担责，宁肯空位，也不到位。要把握和处理好越位与到位的关系，就必须在思想上不断强化对工作、对事业高度负责的精神，要敢于尽职、敢于负责，坚决按制度、按程序、按法规办事。该由副职决策的，要当机立断、敢于拍板；该明确制止和坚决反对的，要旗帜鲜明、敢于直言；要表里如一、言行一致，真正把副职领导应做的工作，切实思考到位、筹划到位、落实到位。

三是素质与素养的关系。大凡走上领导岗位的同志，都是经过多次遴选和锤炼出来的，普遍具有很好的基本素质和能力，有的甚至是某一方面的出色人才。近年来，随着干部队伍能力建设步伐的不断加快，各级领导干部的综合素质和能力普遍得到大幅度提高。然而，素质提高了，并不等于素养就会与素质"举案齐眉"。比如说，素质是一个人能干成事的硬本领，而素养则是确保把事情干得更好的软实力。副职领导不能只有抓工作的能力本领，还要具备为人处世的内在修养和文化底蕴。一个好的副职领导，不仅要有高调做事的本领，更要有低调做人的情怀；不仅能自己动手、身先士卒，更要容得下不尽完美的机关和部属；不仅能在急难险重任务面前挺身而出、一马当先，更要能在镜头和光环前悄然退后；不仅能在决策前坦陈己见、据理力争，更要能在决策后积极支持、主动补台。只有积累和丰富了这一系列的品质素养，才能使自己的硬本领得到更充分的发挥，实现素质与素养的高度融合统一，为开创崭新的工作局面作出积极贡献。

载于《领导科学》2010 年 7 月（下期）

后 记

军人喜欢诗词的不少，我亦然。常常在路上车上枕上乃至演兵场上随感而发，或七言或五言或长短句，无论何体，尚比较关注韵脚，也在意起承转合，唯对声调之平仄不仔细推敲。究其原因，固然很多，但最要紧的可能还是觉得束缚太多，有八股之嫌。由此我认为，格律诗词若改革，首推放松平仄紧箍咒。作为一种尝试，书中的所有诗词，无论四句、八句还是长短句，均未标明律、绝和词牌。

从军几十年间，遇到的事情还真不少。从一九七零年从军开始，经历了和平时期的屡次战火硝烟，多次参加并指挥重大军事演习和抢险救灾，尤其幸运的是任沈阳军区和成都军区副司令员九年，先后两次担任与俄罗斯联合军演的总指挥总导演，足迹遍布东北西南，见证了中俄中朝中越中印中缅中老边防军人的血染风采。所有这些，在诗人的眼中自然是诗。自己深知，作为自己的文学功底，写诗，尤其是写格律诗，自然是不够格的。好在军人胆大，敢想就敢写。于是就有了这些顺口溜出的东西。特别值得提出的是贺茂之院长，他是我几十年如一日的良师益友。他的人品官品诗品对我影响至深。我于仓促间草就的这些拙作，有半数以上是发给他的短信，而他无论在路上车上甚至是重要活动场所，几乎都是即刻完成核对并回复，给我以极大鼓励。也正是他，屡屡催促我早日将这些不成熟的作品结集。如果不是他的精心呵护，也许早就散失殆尽了。关于书名，原来的想法是《诗语军魂》，贺院长建议改作《笔下乾坤》，说这些作品忧国忧民忧军的色彩比较浓厚，层次高低姑且不论，但绝非应景之作。经再三权衡，觉得《翔远心曲》似乎更合适些，曲为心声，言必由衷。由于收入书中的作品时间跨度大且内容繁杂，或情或景或事或理或志，可谓五味杂陈，无论如何分类，都难免失之交叉，因此就干脆眉毛胡子一把抓，不分章节地随意排列了。其实，自然界的有序与无序本来就是一个相对概念，从某种意义上讲，杂乱也是一种排列，如果把不大好分的事物勉强区分，不仅会显得生硬，也有矫揉造作之感。另外，我有一个习惯，每首诗词写完后，大多随机把当时的心境以廖廖数语紧接其后，有些则是先写了一篇短文，紧接着又将其浓缩为诗，由此造成诗与文、文与诗难解难分，附在每首诗词后的感言和最后的几篇短文即是如此。我想这样也有一个意外好处，就是省却了对每首作品的烦琐注解，究竟孰是孰非，留待大家斧正吧。

感谢贺茂之院长为本书作序并请当代诗坛泰斗贺敬之老部长题写书名。书法家李殿仁、刘子贤、孙南京、张帆、江庆勇、杨工力、李建刚；画家周昌新、孙志江、江洋为本书提供了精美的插页，出版社和编辑付出了辛勤的努力，诗词虽然粗糙，但有了他们的渲染，确实也就升华了许多，在此一并表示诚挚的谢意吧！

石东元

责任编辑：王怡石

图书在版编目（CIP）数据

翔远心曲／石香元 著．—北京：人民出版社，2018.3
ISBN 978－7－01－018055－7

I.①翔… II.①石… III.①诗集－中国－当代 IV.① I227
中国版本图书馆 CIP 数据核字（2017）第 201500 号

翔远心曲
XIANGYUAN XINQU

石香元 著

人民出版社 出版发行
（100706 北京市东城区隆福寺街 99 号）

北京盛通印刷股份有限公司印刷 新华书店经销

2018 年 3 月第 1 版 2018 年 3 月北京第 1 次印刷
开本：710 毫米 × 1000 毫米 1/16 印张：19
字数：190 千字 插页：8

ISBN 978－7－01－018055－7 定价：49.00 元

邮购地址 100706 北京市东城区隆福寺街 99 号
人民东方图书销售中心 电话（010）65250042 65289539
版权所有·侵权必究
凡购买本社图书，如有印制质量问题，我社负责调换。
服务电话：（010）65250042